JN227931
私が
帰りたい
場所は
居場所をなくした令嬢が
『溶けない氷像』と噂される領主様のもとで
幸せになるまで
Watashi ga
Kaeritai
basya ha
もーりんもも
イラスト
whimhalooo

contents

Watashi ga Kaeritai basyo ha

ユリウス・グラーツ
グラーツ公爵家当主
「何も――変わらないと思います。
判決が覆るとは思いません」
「それはつまり――有罪だと認めるということか？」

「……」
「なんとか言ったらどうなんだ」
ユリウスの強い口調に、クラウディアがビクッと体を震わせた。
アントン
ユリウスの執事
クラウディア
元インスブルック公爵令嬢

クラウディアよりも高いユリウスの体温が、心なしか心地よく感じられた。
彼の温もりが徐々に浸透してきて、じわじわと心が温まっていく。
そう感じた瞬間、クラウディアは自分の体が燃え始めた気がした。

「お前が幸せになることは金輪際ない」
ゾフィー
クラウディアの義母
「これからは私がお義姉様の分まで幸せになるわ。
だってもう、お義姉様はこの先
幸せになることはないんですもの！」
メラニー
クラウディアの義妹

「真実を暴き、汚名をそそぎます。

……その。どこまでやれるかわかりませんが、
やれるだけやってみようと思います。できないと——思いますか？」

ユリウスは、「フッ」と小さく笑うと、クラウディアを見据えた。

「いや。できるとも。ぜひ、協力させてほしい」

私が帰りたい場所は
『溶けない氷像』と噂される領主様のもとで
居場所をなくした令嬢が幸せになるまで
Watashi ga Kaeritai basyo ha
もーりんもも
イラスト
whimhalooo

プロローグ

クラウディアは岸壁に立ち、どこまでも続く海と空を眺めていた。

目の前に広がる海は、もうすぐやって来る夏に胸を躍らせている。

波は爽やかな風を追いかけるように、我も我もと岸へ打ち寄せている。

太陽は海面をキラキラと輝かせながら、その日差しを満遍なく陸地にも注いでいる。

雲一つない青い空。飛び交う海鳥の鳴き声。岸にぶつかる波音。

クラウディアは、頬をかすめる風を心地よく感じながら穏やかな日差しに身を委ねていた。

最初の頃はむせ返りそうになっていた潮の香りにも、今ではもうすっかり慣れた。港で働く人々の大きな声でのやり取りにも。


「こぉらぁっ！　何やってんだ！　さっさと運びな！」

「はぁいっ！」

「ほらほら！　待たせんな！」

「それはこっちだ！　こっちによこしな！」

活気に溢《あふ》れた喧騒《けんそう》の中、クラウディアの耳はすぐにその人の声を拾った。遠くからでもよく通る少し低い声。彼女に話しかける時には少しだけ甘くなる声。

その人は、すれ違う人みんなに声を掛けられている。時折立ち止まっては話し込んでいるようだ。

その人の声が明瞭になり、どんどん近づいてくるのがわかる。

「クラウディア。ここにいたのか」

名前を呼ばれて振り返れば、そこには——。

第一章　濡れ衣を着せられて追放

「ハイマン王の名代として判決を言い渡す。クラウディア・インスブルックの貴族としての身分を剝奪し、グラーツ領に追放する」

空席の玉座の前に毅然《きぜん》と立つフランツ王太子が冷たく言い放つと、周囲の貴族らは、「南の果ての地か……」「あの冷酷な領主の元へ……？」などと、ざわめきたった。

「静まれ！　年若い娘だからといって法を曲げることはできぬ。心を鬼にして証言した妹のメラニー嬢こそ不憫《ふびん》ではないか。交易事業で得た利益を不正に着服し、国を――国王を欺いて豪遊の限りを尽くしたのだ。極刑に処されてもおかしくないところを、貴族としての身分を剝奪し追放だけで済ませてやるのは、メラニー嬢の嘆願があってこそなのだ。それをよく覚えておくように」

名前を出されたメラニーは、瞳を潤ませてフランツに熱い視線を送ってから、消え入りそうな声で訴えた。

「フランツ殿下……ありがとうございます。ご厚情に感謝いたします。ですがやはり、お義姉様が貴族としての身分を剝奪され、その上追放とは――あまりに、あまりにおいたわしゅう存じます」

「もうよすのだ。メラニー嬢。そなたはあまりに優しすぎる。この二年間、そなたがこの者にどれほど虐げられてきたのか、この私が誰よりも知っているのだぞ」

「……殿下」

小刻みに震えるメラニーの肩を、母親のゾフィーが抱きしめる。

クラウディアは目の前で繰り広げられている様を、他人事《ひとごと》のようにぼんやりと眺めていた。


ほんの一時間前のこと。

クラウディアは、昼食の準備のために厨房《ちゅうぼう》でじゃがいもの皮をむいていた。そこへ突然、兵士がドカドカと入ってきたのだ。

どうやらクラウディアを探しているらしく、名前を呼ばれたので自分だと答えたところ、両脇を抱えられて宮殿に連行された。

さすがに見苦しい格好をしていたので、おざなりなドレスに着替えさせられはしたが。

理由を聞かされないまま大広間の中央で膝をついて待てと言われ、フランツ王太子が入室するや否《いな》や、クラウディアは身に覚えのない罪を犯したと断罪され、有罪になった。

全てがあっという間の出来事だった。

クラウディアには、フランツが意気揚々と喋《しゃべ》り、義母と義妹が家の中では見せたことのない、しおらしい態度で互いの涙を拭い、抱きしめ合っている光景が見えただけだった。

「明朝、グラーツ領へ出発せよ。グラーツ公爵家の使用人として生きるのだ。いかなる重労働も拒否することは許さぬ」

フランツの下した判決を聞いた限りでは、クラウディアの居場所が、別館の使用人部屋から、どこか遠い領地にある使用人部屋に変わるだけのようだ。

つまり、クラウディアにとっては何も変わりはしない。

（未来永劫《みらいえいごう》、私が幸せになることはない。お父様が亡くなったあの日から……）

「今日からこの家の主人は私。もうこれまでみたいに大きな顔はさせないわよ」

二年前のあの日――。

モーリッツ・インスブルック公爵の葬儀が終わった夜、妻であるゾフィー――後妻なのでクラウディアにとっては義母に当たる――が、クラウディアに向かってそう宣言した。

クラウディアは、屋敷を取り仕切ることを言っているのだと解釈したが、それは大きな間違いだった。

亡くなった父モーリッツから次期インスブルック公爵となるべく期待され、彼の右腕として帳簿をつけていたクラウディアだったが、その日から執務室に出入りすることを禁じられた。

インスブルック家は、代々、他国との交易を独占的に許可されており、利益に応じて交易税を国に納めている。

モーリッツ亡き今、全体の事業資金の流れを把握しているのはクラウディアだけなのに、ゾフィーは彼女を家業から締め出し、あろうことか、モーリッツが「信用できない」と、決して出入りさせなかったリンツ商会を招き入れ、そこに交易事業を丸投げしたのだ。

激しく抵抗したクラウディアに義妹のメラニーは、

「お義姉様。そんなに働きたいのならどうぞご勝手に。仕事ならいくらでもあるんだから」

そう言って、使用人のお仕着せを投げつけた。

「あっはっはっ。確かにそうね。思う存分こき使ってあげるわ」

ゾフィーの命令で、クラウディアは本館の部屋を追い出され、別館の使用人用の部屋へと移された。

クラウディアは、使用人として屋敷の下働きをしたいと、自主的に申し出たことにされてしまった。

交易事業については相応の対応ができるようになっていたクラウディアだったが、当主として差配する教育はまだ受けていなかった。

公爵夫人として屋敷を取り仕切っていたゾフィーが、交易事業諸共《もろとも》全てを支配下に置こうとしているとは、予想だにしなかったのだ。

「お前はケチな父親と同じで、お金を使うことに興味がなかったでしょ。働くことが楽しいんだったわよね」

「お義姉様のせいで、私まで思うようにドレスを仕立てられなかったのよ」

「お前が幸せになることは金輪際ない」

「これからは私がお義姉様の分まで幸せになるわ。だってもう、お義姉様はこの先幸せになることはないんですもの！」

モーリッツがこの世を去って二年。クラウディアは毎日のように二人にそう言われ続けてきた。

そんな彼女を慰めていた古くからの使用人たちも、ゾフィーに睨《にら》まれて一人また一人と屋敷を去っていき、とうとう新参者ばかりになってしまった。

その上、交易事業の方もクラウディアがいなくても問題なく回っていると聞かされ、彼女は自分の存在意義を失ってしまったのだ。


「恐れながら申し上げます。フランツ殿下。此度《こたび》の罪状ですが、証拠の品は何一つ提示されておりません。メラニー嬢の証言だけで判断するのは――」

ぼんやりと過去に意識をさまよわせていたクラウディアの耳に飛び込んできた声には聞き覚えがあった。

周囲に立ち並ぶ貴族たちが眉を顰《ひそ》めて彼女を見下ろしている中、一人の老人と目が合った。確か父親と親交の深かった老公爵だ。名前は――なんだったか。よく思い出せない。

だが皆まで言わせてもらえず、フランツに遮られてしまった。

「証人がいるのだ！　この上なく信用できる証人がな。その証人が証言したのだ。これ以上の証拠は必要ないであろう。確かな人物の証言は、百の証拠にも勝る！」

人生経験のある老公爵は、血気盛んな若者が興奮している時には何を言っても無駄だと知っているらしく、すぐに口をつぐんだ。一瞬だけ憐憫《れんびん》の情がその顔に浮かんだようにも見えたが、思い過ごしだろう。たとえそうだったとしても、どうなるわけでもない。

あの老公爵とももう会うことはないだろう。クラウディアに声をかけてくれる人はおろか、手を差し伸べてくれる人などいるはずがないのだ。

きっぱりと断言したフランツを見遣《みや》れば、すぐ横でゾフィーが娘の肩越しにニヤついているのが見えた。どうやら彼女の目論見《もくろみ》通りに事が運び、喜びを隠しきれない様子だ。

フランツは義理の母娘の陳情を一方的に聞き入れ、ゾフィーに誘導される形でこのような裁判を行ったのだろう。


だらりと項垂《うなだ》れていたクラウディアの耳に、またしても老公爵の声が響いた。

「仰せの通りでございます。殿下のおっしゃる通り、まだ十五歳になったばかりと聞き、年若い娘に、ついほだされてしまいました。出過ぎた真似《まね》をお許しください」

「うむ。許す。温情のある公爵の助言は貴重だ。これからも遠慮せず申せ」

「はっ」

「そなたは亡くなったモーリッツと親しかったのであろう。案ずるな。インスブルック家に認めていた他国との独占的な交易はこれまで通りとする。本来納められるはずだった税は、情状酌量の申し出の折に、すでに納められておるしな」

不意に、どこかから声が上がった。

「なんと寛大なご沙汰でしょうか。フランツ殿下におかれましては、立派にハイマン国王の名代を務められ、我ら臣下一同、この国の明るい未来に胸が高鳴っております」

「いかにも」

「さようですな」

フランツを讃《たた》える空気が大広間を支配する中、ご満悦なフランツの前から、クラウディアは近衛兵に抱えられて部屋から連れ出された。

＊＊＊
クラウディアの荷物は少ない——というよりもほとんどない。

擦り切れたタオルなど、持っていく必要があるだろうかと逡巡《しゅんじゅん》したがカバンに入れた。

グラーツ領が罪人を受け入れるにあたり、身の回りの品を用意してくれるわけがないと思い至ったのだ。

服も使用人のお仕着せ一着だけ。これといった私物もない。本当に体一つで家を追い出され、今はこうして行商の馬車の荷台に揺られている。

通常、罪人が王都から追放された場合、馬車になど乗せてもらえはしない。どこへなりとも歩いて行くしかないのだ。罪人に手を差し伸べる者などいるはずもない。

クラウディアはグラーツ領へ行くことを命じられたが、それとて徒歩での移動になるはずだった。

それなのに、こうしてグラーツ領行きの行商の馬車に運よく乗せてもらえたのは、誰かが手筈《てはず》を整えてくれたからとしか考えられなかった。

クラウディアの脳裏に、あの老公爵の優しい眼差《まなざ》しが浮かんだ。

（……馬鹿《ばか》なことを。私に優しくする人間なんているはずがないわ。偶然よ。たまたま通りがかっ

ただけ。運がよかったと神様に感謝しないと）

馬車に揺られて向かう先のグラーツ領は、南の果てにある領地だ。

海に面した辺境の地。

（海ってどういうものなのかしら。お父様からは、とても大きなものとしか聞いていないけれど……。早く見てみたいわ）

クラウディアは、馬車の荷台にあった古いオットマンに座っていたが、その座り心地があまりに良いせいか、つい、避暑地にでも出かけるような感覚で目的地のことを考えてしまった。

（もう馬鹿じゃないの。そんな楽しい時間なんて、あるはずないじゃない）

「馬鹿馬鹿しい。私は幸せにはなれないのに」


――幸せになることはない。


父親の死後、義母と義妹によって、毎日唱えられ続けた呪いの言葉。

クラウディアは、いつしか自分自身でもその言葉を唱えてしまっていた。今こうして罪人として追放の身となったことを思えば、あの言葉は真実だったのだ。

クラウディアが家を出たのは夜が明ける前だったが、すでに日が暮れようとしていた。途中、休憩を挟んだとはいえ、ほぼ一日中走っている。

だが宿泊代を持たぬ身にとっては、夜であろうと、その日のうちに到着できるのはありがたい。

「なんとか間に合いました。門が閉まる前に領地に入れました」

荷台にいるクラウディアに、商人が声をかけた。

王都を出て、入り組んだ二つの領地を通り過ぎてやって来たところ。

（ここが南の果てのグラーツ領。私、とうとうこんなところまで来たのね。こんな遠いところへ一人で……）

日没後のくすんだオレンジの光はすぐに消えてしまい、今は心許ない月明かりだけが頼りだ。馬車の車輪がゴトゴトと音を立てているので、かろうじて石畳の道の上を進んでいることがわかる。

「最果ての地」という言葉から寂れた街を想像していたクラウディアは、思いのほか整備されている街並みに少し驚いたが、道行く人はわずかだ。

縁もゆかりもない街で、クラウディアはこの先の人生を一人寂しく送るのだ。

最後にゾフィーに言われた不吉な予言が脳裏に蘇《よみがえ》る。

『お前は知らないだろうけど、ユリウス・グラーツ公爵というのは、溶けない氷像と言われるほど冷酷な領主として有名なんだから。そりゃあ容赦なくこき使われることでしょうよ。ここでの暮らしが天国だと思えるくらいにね。私たちがどれほど優しかったか、思い出して泣くといいわ』

うつむくと、頬を伝って手のひらに雫《しずく》がこぼれ落ちた。

クラウディアは、それが涙だと認識するまでしばらくかかった。

悲しいのだろうか？　何を悲しむというのか。これは旅の疲れだ。きっとそうだ。そうに違いない。

「何かしら……？」

クラウディアは嗅いだことのない匂いに戸惑った。

最初は流した涙のせいかと思った。だが、少し不快な、粘りつくような、言いようのないしょっぱさが鼻から入ってきて消えないのだ。

商人も同様の匂いを嗅いだらしく、クラウディアに話しかけてきた。

「海はご覧になったことありますか？　潮風が海の匂いを運んできていますね」

「海の匂い？」

「ええ。初めてだとピンとこないものです。明日明るくなったら海を見に行かれるといいですよ。この匂いの正体がわかります」

（この匂いの正体？）

疑問を持ったとして、誰に尋ねることができるというのだろう。そもそも自由に外出などできるはずもない。

「あ、ほら。見えてきました。あの小高いところにある屋敷です」

荷台から顔を出して見てみれば、煌々《こうこう》と灯りのついた屋敷があった。

遠くに見えた屋敷だったが、商人はあっという間にクラウディアをそこへ送り届けた。

「グラーツ領の領主様は『溶けない氷像』と噂《うわさ》されるくらい厳しいお方らしいので、どうかお気をつけて」

「ありがとうございます」

クラウディアが罪人であることは知っていただろうに、商人は最後まで気持ちのよい態度だった。

馬車の音を聞いたらしく、使用人が屋敷から出てきた。

「クラウディア様ですね。伺っております」

中年と思《おぼ》しき女性は、サッとクラウディアの全身に視線を這《は》わせて値踏みした。

「どうぞこちらへ」

クラウディアが通されたのは厨房の横の小部屋だった。

まずは領主による検分が行われると聞かされていたクラウディアは、自分でも気づかないうちに、全身から血の気が引き震えていた。

領主はもとより使用人たちも、クラウディアが特権を利用して贅沢《ぜいたく》三昧をしていたという話を聞いているに違いない。

クラウディアがいくら身に覚えがないといったところで誰も信じないだろうから、何を言われようと、言われるがまま受け入れるしかない。

およそ領主が近寄りそうにない小部屋に入れられたということは、領主に会う前に使用人たちから罵倒されるのだろうか。

さすがに暴力を振るわれるとまでは思わないが、わからない。

クラウディアは知らず知らずのうちに、両手でスカートをギュッと握りしめていた。

そんな彼女を見かねて使用人が声をかけた。

「そんなに緊張することはありません。ユリウス様は今日はいらっしゃいません。明日改めてお会いされるとのことです」

判決内容は早馬によって領主であるユリウス・グラーツ公爵に届けられている。

その上で、クラウディアの主人となったユリウスが、彼女の身の振り方を決めるのだ。過酷な労働を命じるも、小間使いのような軽微な労働を命じるも、ユリウスの心一つで決まるのだろう。

クラウディアは命じられたことを毎日繰り返すだけだ。ただ、肉体労働は今までしたことがない。命じられたことがちゃんとできなかったらどうなるのだろう。その点が不安だった。

「今日のところは、まず食べて休むこと。これは留守を預かっている私が決めたことですから、従ってもらいます」

「……え？」

聞き間違いだろうか。クラウディアはまだこの屋敷で働いていない。それなのに、食事をとってもよいと？

「私は、この屋敷のメイド長を任されているネリーです。普通にネリーと呼んでもらえれば結構です」

驚いていると、トントントンと軽いノックの音が聞こえた。

「お入り」

ネリーが返事をするより前にドアが開いた。

人懐《ひとなつ》っこい笑顔の少年が食事を載せたトレーを持って入ってきた。年はクラウディアより少し上だろうか。

「ヨハン。ドアを開けるのが早すぎます。きちんと許しを得てから入りなさい」

「はい。すみません。でも馬車から降りるところが見えたんで。やっと来たと思ったら――あ。すみません」

ヨハンと呼ばれた少年は、目を吊り上げたネリーを見て、急に大人《おとな》しくなった。

（私が憎くないのかしら？　そうでなくても地方の人々は貴族が嫌いなんじゃ……。横領までして浪費していたなんて聞けば、そんな風に微笑《ほほえ》むことはないと思うんだけど……）

「もう残っているのはこれくらいです。気に入らなくても食べるしかありませんよ」

ネリーは嫌味《いやみ》ではなく、事実を言っているようだ。

ゾフィーやメラニーのニヤニヤした顔とは違う。

それでも、彼女がクラウディアの全身をくまなく観察していることには気がついた。

トレーには一切れのパンと、煮込まれた牛肉の塊と野菜スープが載っていた。

「これが――私の――」

クラウディアは、「一人分ですか？」と言いたかったのだが、驚きのあまり声にならなかった。

クラウディアがすぐに手をつけなかったため、ネリーが顔をこわばらせて言った。

「どうしたのです？　不服ですか？　こんなもの、口にできないと？　これからは、こういう食事に慣れるしかありませんよ。いくら文句を言おうと、もう豪華な食事は用意されないんですからね」

まなじりをひくつかせているネリーを見て、クラウディアは震えた。すぐに弁解しなければと慌てて言った。

「ち、違います。文句だなんて。そんなこと言ったらバチが当たります。私はその――大変申し訳なくて。こんなにたくさんは――とても食べきれないので。今までの食事は、大抵、玉ねぎの皮のスープやくず野菜を焼いただけでしたから。パンもあったりなかったりだったので」

ネリーとヨハンが目を見開いて驚いた。

その様子を見て、クラウディアはネリーたちを怒らせてしまったのだと思った。

(どうしよう。こんなに食べたら体が驚いてしまうかも。でも用意してもらったんだし、食べるしかないわね)

「ご、ごめんなさい。文句を言ってしまいました。い、いただきます」

「いえ。無理はしなくていいので、少しずつ体と相談しながら食べてください」

「あ、ありがとうございます」

＊＊＊

ネリーをはじめ使用人たちは皆、今回の判決を聞いて憤慨していた。このグラーツ領がまるで流刑地のような扱われ方をしていたからだ。

おそらく、領主のユリウス・グラーツ公爵が、「冷酷な溶けない氷像」と噂されているせいで、国王に代わり情け容赦なく罪人を懲らしめてくれることを期待されたのだ。

自分たちの敬愛する領主が、そんな目で見られているのが気に入らなかった。

ネリーは、その令嬢が同じ使用人という身分になったからには、領主の手を煩わせなくとも、使用人としての礼儀作法を叩《たた》き込むつもりだった。それはもう情け容赦なく。

だが目の前の少女ときたら！

公爵という身分を笠《かさ》に着て使用人たちをいじめ抜いていた、不遜で浪費家で食い意地の張った白豚女が来るという話と、まるで違っていた。

白豚どころか、酷《ひど》く痩せこけていて不健康なのは一目瞭然。食事がままならない子どもたちなら、これまで大勢見てきた。この少女もまた、その中の一人のようだ。

ネリーは、明日のユリウスの面談が心配になってきた。女性嫌いのユリウスと、おそらく虐待されていたであろうこの少女とは、会話すらままならないだろう。

「……はあ」

ため息をついたところで、ネリーにできることはない。今、できることといえば、目の前の哀れな少女をゆっくり休ませてやることくらいだ。

そう考えたネリーは、クラウディアに、用意していた北の端のじめじめとした部屋ではなく、南側に大きな窓のある明るい部屋をあてがってやることにした。

陽《ひ》の光をたくさん浴びて気持ちのいい風を頬に受ければ、うつむきがちな顔を少しは上げられるのではないかという親切心だ。

ネリーは、クラウディアを新しい部屋に案内したその足で、アントンの部屋を訪ねた。

「アントン様。遅い時間に失礼します。どうしてもお耳に入れておきたいことがございます。クラウディア様が到着されたことは報告がいっておりますよね？」

『えー？　なんか嫌だなあ。絶対に面倒な話だよね？』

「クラウディア様について、アントン様が知っておかれるべきことですので」

『そんなもの、ないと思うんだけどな。王都を追放されたどうしようもない令嬢の話なんて聞きたくないよ』

なぜドア越しで会話をしているのか。まったく。

なかなか入っていいと言わないアントンに痺《しび》れを切らし、ネリーは思い切ってドアを開けた。

「うわっ。あー済まない。その顔は――はいはい。そこまで重大っていうことだね。うーん。困ったなあ」

「何を困ることがあるのです！　ここグラーツ領では、正義を尊び公正であることが重んじられているはずです。先代の領主様からユリウス様にも、それは受け継がれており――」

「わ、かっ、た！　わかりました。聞きますよ。さ、そこにかけて」

アントンの部屋には、従者見習いのヨハンからの報告を聞くためのテーブルと椅子しかない。

丸テーブルを挟んでネリーが座ると、アントンが、「どうして私が叱られてるのかな。まだ会ってもいない令嬢のことで」などと、ぶつぶつこぼしながら座った。

令嬢という言葉にネリーはピクッと反応し、抑えていたものが溢《あふ》れ出た。

「令嬢ですって⁉　はっ！　あの子のどこが令嬢なんです？　何を着ているか、ぜひ、見てください。あんなボロ着、ここの使用人で着ている子はいませんよ。それに持ってきた荷物といったら！　雑巾にもならないようなタオルだけ。ここに来た理由は聞いていますけれど、それにしたって最低限の支度というものがあるでしょうに。何が嘆願ですか！　どこが温情ですか！　食事も満足に取れない体になっているんですよっ！」

「ちょ、ちょっと。落ち着いてくれないかな。とりあえず、必要な物は揃《そろ》えてあげて。ふう。聞いた限りだと、そのまま放置すればユリウス様のお名前に傷がつきそうだね」

「ええ。その通りです。私はメイド長なので、メイドたちに気を配るのが仕事です。私は私の責任を全うさせていただきますから」

「じゃ、じゃあ。まあ。明日ユリウス様の前に出る時には、ましな格好になっているっていうことだよね？　あとのことはユリウス様を信じるしかないね」

「それは。まあ。ユリウス様のことは信用しておりますけど。いつもの女性嫌いが悪い方へ出なければよいのですが……」

「うーん。それぱっかりは……。まあでも。結局はあなたが預かることになるんだから、大丈夫だよ」

アントンの安請け合いほど信用できないものはないが、それでも悪い結果になったことはないため、ネリーは、「それでは頼みましたよ」と、自室に引き上げた。

＊＊＊

ユリウスは不機嫌極まりない表情で、執務室のデスクの上の書状を見ていた。

デスクの上には、クラウディアの処遇に関する二種類の書状が並べられている。

左右に分けて、それぞれを扇形に並べたのはアントンに違いない。相当面白がっているようだ。

そのアントンはデスクの前に立ち、ユリウスから不機嫌以外の表情を引き出せないものかと思案している。

「なんだこれは」

ユリウスが無表情のままアントンに尋ねれば、

「なんだとはまたどういう意味でしょうか。既にお読みになったのでしょう?」

と、とぼける始末。

一方は判決を言い渡したフランツとその取り巻きからの書状で、要約すれば「非情に徹し、とにかく罰せよ」という念押しだ。

『重労働だろうと構わず使役せよ』

『休ませるな。甘やかすな』

何が重労働だか知りもしないで馬鹿げた指示をしている。ユリウスは、読めば読むほど不快感が込み上げてきて、途中で放り出したくなった。

(フランツ殿下はよほど暇とみえる。それほどまでに罰したいのならば、自分の手でやればよいものを。手は汚さず口だけは出すのか)

ユリウスは、思い出したくもないフランツの高慢な態度を思い出し、苦々しくなった。

「……はあ」

もう一方の書状は、今は亡きモーリッツ・インスブルック公爵の盟友たちから届いたものだ。よくよく審議されぬまま拙速な判決が下されたと主張し、たとえ過失があったとしても情状酌量を求めるという内容だ。

「まったく面倒なことだ。我《わ》が領地をなんだと思っているのだ」

ユリウスは不貞腐れた言葉を吐いているが、その顔は無表情のままだ。

「それは多分——。グラーツ領は雪さえ降らぬ一年中温暖な南の領地であるにもかかわらず、冷酷な領主は常に無表情で氷のように冷たく、その姿は溶けない氷像のようだという噂が王都にまで伝わっているせいでしょう。ユリウス様の面白おかしな噂を、世間知らずのフランツ殿下が真に受けられた結果ですね」

アントンは楽しくて仕方がないといった様子で微笑んでいる。

噂を語りながら揶揄《やゆ》するアントンに、ユリウスはムッとしたが顔には出さない。アントンの悪ふざけなど日常茶飯事で、今に始まったことではない。

ユリウスに無視されたことがアントンには不満だったようで、領主としてよく訓練されていると褒めるべきところを、彼は、「ほんと可愛《かわい》げがない……」などと独り言をこぼしている。全くもって理解できない。

「それで？　昨夜到着したと言ったな。『南の果てに追放された』と喚《わめ》き散らしでもしたか？　ネリーが面倒をみたのだろう?」

「はい。まあこれが。なかなかなようで」

「わかるように言え」

ユリウスが急《せ》かすと、アントンは、「ククッ」と笑ってから続けた。

「王宮からの早馬が到着してからというもの、使用人たちの間では、『王都から追放されたわがままな白豚女が送られてくる』という噂で持ちきりでしたからね。ネリーは、『好き勝手になどさせるものか』と息巻いていましたし、他の者たちも、『同じ使用人という身分なら、先に働いている分、自分たちの方が上だ』と、上下関係をわからせてから働かせようなどと言っていましたが」

「いい加減にしろ。お前はどうしてそう、余計な情報を長々と。私が聞きたかったのは――」

「ええ。わかっておりますとも。クラウディア公爵令嬢のことですよね。ああ、ええと。元ですが。どうしましょう? クラウディア嬢と呼びましょうか。それとも、やはりクラウディアと呼び捨てに?」

「今はどっちでもいい。早くその女性の――」

「はいはい。では元公爵令嬢ということでクラウディア様と呼ぶことにします。コホン。まあ一言で言えば、彼女はネリーを味方につけましたよ」

ユリウスがわずかにまなじりを上げると、それを見たアントンが嬉々《きき》として続けた。

「ネリーは虐待を受けた子どもを放っておけない質《たち》ですからね。どうやらクラウディア様は食事を満足に与えられていなかったようです。すっかり胃が縮んでしまい、人並みの食事をとることができない状態らしくて。気力まで削《そ》がれていて、ネリーによれば、庇護《ひご》すべき対象であって、罰を与える対象ではないそうですよ」

アントンの言葉の端々から、ユリウスには、ネリーが相当な剣幕《けんまく》でアントンに報告したであろうことが察せられた。

「ネリーは幼い者に弱いからな。十五歳になったばかりだったか。ネリーには幼く映ったのかもしれぬな。それにしても意外だな。どうせ金遣いの荒い、わがままな令嬢が送られてくるのだろうと思っていたのだが……。告発された内容の詳細も証拠も見ておらぬから、現状では判断のしようがない。まずは本人を問い質《ただ》そう」

「では？」

「うむ」

ユリウスの意を受け、アントンが、「入りなさい」とドアの方に声をかけると、一人の少女がおずおずと入室した。

ネリーが庇護対象だと思うのも無理はない。

頬はこけ、体は「細い」を通り越して、もはや「薄い」。

背も低く、とても十五歳には見えない。

（これが元公爵令嬢だと？　なんの冗談だ。十二、三歳の貧しい平民の娘にしか見えぬぞ。余命いくばくもない病人と言われた方がまだしっくりくる。このような女性を罰として酷使しろと？）

ユリウスは頭に浮かんだ様々な感情を伏せて、静かに尋ねた。

「そなたがクラウディア・インスブルックか?」

ユリウスの問いに、「はい」と蚊の鳴くような答えが返ってきた。

それっきり、クラウディアはうつむいたまま顔を上げようとしない。

「もう少し近くによれ」

「はい」

ユリウスの指示に従い、クラウディアが恐る恐るといった様子で部屋の中央まで進み出た。

「顔を上げろ。インスブルック家ではそのように作法を習ったのか?」

「申し訳ございません」

「誰が謝れと言った?」

「申し訳ございません」

ユリウスは、図らずも冷ややかで鋭い口調になってしまったことに自分でも驚いた。そして、どうやら恐ろしく冷たく響いたであろう領主《ユリウス》の声は、目の前の女性を完全に打ちのめしてしまったようだ。

呼吸と同じくらい自然に自制するユリウスだったが、この時ばかりはなぜか気分を害していることを隠せなかった。その口調から、声から、クラウディアに感情を伝えてしまった。

そのせいで何か勘違いをさせてしまったらしく、彼女は先ほどから頭を下げたままピクリとも動かない。

主人というのは使用人にあたり散らすもので、気がおさまるか、何か違うことに興味が移るまでは、頭を下げたまま我慢するしかない――とでも思っているのだろうか。

余計なことは言わない。絶対に言い返したりしない。それが、嵐が早く去る秘訣《ひけつ》だとでも言いたいのか？

ユリウスは次第に腹が立ってきた。

「私は何か間違ったことを言っているか？　何か理不尽なことを言っているか？」

「申し訳ございません」

「他に言うことはないのか？　その言葉以外に知らないのか！」

「申し訳ございません」

クラウディアは、「申し訳ございません」以外の言葉は言ってはいけないとでも言い渡されているかのように、同じ言葉ばかりを繰り返している。

それではまるで、ユリウスが愚かで傲慢《ごうまん》な領主のようではないか。酷く侮辱された気分になり、ユリウスはまたしてもきつい口調で言葉を放ってしまった。

「謝るなと言ったのだ」

「申し訳ございません」

「こ、この――。よい。わかった。はあ」

ユリウスは途中で言葉が途切れてしまった。

どうにも埒《らち》が明かない――。

クラウディアとの会話に疲れたユリウスは、彼女に背を向けて窓の外を眺めた。

ふと、背後で空気が揺らいだ気配がして振り返ると、クラウディアと一瞬だけ目が合った。嵐が去ったとばかりに彼女が視線を上げたせいだ。だがユリウスと目が合うと、彼女は見たことを叱責《しっせき》されると思ったのか、またしても急いで視線を落とした。

「はあ……」

ユリウスのため息を聞いたアントンが、言葉の足りない彼に代わって、クラウディアに声をかけた。

「いつまで頭を下げているのですか。真《ま》っ直《す》ぐ前を向いて立ってください」

「はい」

アントンの命令口調にビクッと反応してクラウディアは頭を上げたが、その瞳に生気はなかった。

本当に体力だけでなく気力もないようだと、ユリウスは先ほどの報告を思い返していると、アントンから水を向けられた。

「ユリウス様。まだ本題に入られていませんよね？」

アントンに促されるまでもない。

ユリウスはクラウディアを見据えて静かに問うた。

「私の質問に答えるのだ。『申し訳ございません』以外の言葉でな。わかったら、『はい』と返事しろ」

「……はい」

（これでは、まるで私が恫喝《どうかつ》しているようではないか。気に入らない）

「そなた。此度の判決をどう思う？　どう受け止めている？　なぜ有罪と認定され、貴族としての身分を奪われ追放されたか理解しているのか？」

「はい」

「『はい』とはなんだ。罪を犯したと認めるのか？　当然の報いだと？」

「……」

「どっちなんだ！」

「……」

思わず声を荒らげてしまった。アントンも驚いている。

ユリウスは、これ以上感情が高ぶらないようにと必死に自分を抑えた。それなのにどうだ。クラウディアときたら、感情がまるで乱れていない。そもそも感情というものなど、はなっから持ち合わせていないようだ。

いつもならこの辺りでアントンが口を挟んでくるのだが、なぜか今日は黙ったまま、ユリウスとクラウディアを興味深く観察している。舌なめずりをしていそうな彼の姿を見て、ユリウスは平常心を取り戻した。

「公明正大を尊ばれた先王は、強権による弾圧を防ぐため、不服申し立ての制度を作られた。そなたは申し立てを行い、再審を希望するか？」

「……いいえ」

「申し立てをしないと？」

「何も――変わらないと思います。判決が覆るとは思いません」

「それはつまり――有罪だと認めるということか？」

「……」

「なんとか言ったらどうなんだ」

ユリウスの強い口調に、クラウディアがビクッと体を震わせた。

「この私が暴力を振るうとでも？　ふん。馬鹿げた噂を間に受けているようだな。無礼者めっ」

「申し訳ございません」

「アントン！」

クラウディアの怯《おび》える姿がユリウスを傷つけているなど、彼女には想像すらできないのだろう。

茶化《ちゃか》す気満々だったアントンにとってもこの流れは想定外だったようで、「はあ」とため息をつくと、ユリウスの従者らしくクラウディアに指示した。

「部屋に戻っていなさい。今後のことはネリーに伝えるので、彼女の指示に従うように。よろしいですね」

アントンが務めて穏やかにそう言うと、クラウディアは「はい」と返事をして部屋を出ていった。

ドアが閉まる音を聞いて、ユリウスは口を開いた。

「あれはなんだ？　人間はあそこまで痩せることができるものなのか？　随分と青白い顔をしていたが……」

「そうですね。うーん。どうなんでしょう？」

「は？」

「あっはっはっ。まあまあ。そうムキになられなくても」

「この私がムキになるだと?」

感情的になってしまったのは確かだが、アントンに指摘されるとどうしても素直には頷《うなず》けない。

「お気に召さなかったようですね」

「当たり前だ。まるで私が無理難題を言っていじめているような気分にさせられた。不愉快極まりない」

「ふふふ。確かにそうでしたね」

「モーリッツ・インスブルック公爵は不正とは無縁の立派な御仁だと伺っていた。その娘がまさかあのような者とは」

ユリウスは、アントンから今朝届いたばかりの報告内容を受け取っていた。王宮から判決内容を知らせる早馬が届いてすぐに、情報収集に動いていたのだ。

アントンの口から、報告書の冒頭部分がすらりと出た。

「クラウディア・インスブルック。十三歳にして大人並みに数字を扱う天才と言われていた娘。その年ですでに父親の交易業務を補佐していたとかいないとか。相当に利発な娘だったことは間違いないと思います」

「それは本当か? ただの噂ではないのか?」

「おや? ご自分の噂は気になさらないのに、他人に関してはそのようなことをおっしゃるのですね」

「……」

「おそらく、父親を亡くしてからの二年間に何かがあったのでしょうね」

「……」

「ヨハンを王都へやりましたので、おいおい知らせが届くはずです」

「そうか……」

ユリウスは、うつむくクラウディアの姿を思い出すと、今更ながら威圧的になってしまった態度が悔やまれ、アントンとの会話が上の空になってしまった。

「ご心配ごとでも?」

「いや。ただあの状態で働けるものなのか?」

「おや?　ネリーと同じことをおっしゃるのですね」

「誰が見てもそう思うだろう。お前は違うのか?」

「まさか。私もそのように進言しようと思っていたところです」

「お前というやつは――」

「おちょくってやがるな」とは、悔しくて口にできないユリウスだった。

「ふん。とにかく彼女にあまり無理をさせることのないよう、ネリーには気を配るように言っておけ。お前は――私が言うまでもなく目を光らせているだろうがな」

「ご命令とあらば、そういたしますが?　ですが、私の仕事はユリウス様のお側《そば》でお仕えすることなのですがね。ネリーだけで十分な気がしますが……」

「は?」

「いいえ。何でもございません」

心の中で「べー」と舌を出していそうなアントンを、ユリウスはギロリと睨み付けた。

第二章　領主は『冷酷な溶けない氷像』

蓄積していた疲労のせいで、クラウディアは熱を出して三日間寝込んでしまった。

一度体を休めたことで、「ああ悲鳴を上げてもいいのだ」と理解したのか、体のあちこちが過労を訴え始めたかのようだった。

四日目から起き出したものの、「体力が回復するまでは働かせない」というネリーの一言で、仕事もせずに過ごすことになってしまった。

「自由に過ごしてよい」と言われても、クラウディアには自由に過ごすということの意味がわからなくなっていた。

一日中部屋に閉じこもっているわけにもいかず、彼女は食事の量を徐々に増やしながら、体力の回復も兼ねて屋敷の部屋を覚えるために歩き回ることにした。

公爵邸には使われていない寝室や子ども部屋などもたくさんあり、最初に案内してもらっただけでは覚えきれなかったので、仕事の取り掛かりだと思えば気が楽だった。

南の果ての領地などと揶揄《やゆ》されているが、さすがに序列トップの公爵家だけあって、クラウディアを驚かせた。

中でも一番彼女を驚かせたのは、公爵邸の荘厳な外観だった。

屋敷は、前庭を三方から臨むE字形のつくりになっている。

中央にエントランスポーチがある左右対称の外観はとても美しく、外壁には天使たちの彫像が彫られていて、すべての窓にはガラスが贅沢《ぜいたく》に使用され、バルコニーが付いていた。

エントランスポーチの屋根にある王冠を模したような塔は、王都でも見たことのないデザインだ。左右の端の出っ張った棟の屋根にも四隅に小塔が設けられており、左右共に中央の棟の二階にだけアクセントとなるアーチ型の出窓が作られている。

まさに贅《ぜい》を尽くし粋《すい》を集めた、他家の追随を許さない豪奢《ごうしゃ》な、それでいて洗練された屋敷だった。時を経《へ》てもなおも輝き続ける、否《いな》、時を経ることでますますその魅力を増し風格を形成していくように感じられた。

屋敷の内装も言うに及ばず、細部に至るまで緻密にデザインされている。

光の反射を計算され尽くした魅惑的なデザインのシャンデリア。絵画のような壁紙。更にその上に立体的に模様を描き添えたようなカーテン。階段の手すりは薔薇《ばら》をモチーフにした透かし彫りだ。

家具はもちろんのこと、各所に飾られた様々な形の鏡の枠にまで金の装飾が施されている――椅子の脚に至るまで。

クラウディアの目にはすべてが美しく映り、誰にも咎《とが》められることなく屋敷の中を自由に歩けていることが信じられなかった。

（こんな風に初めて訪れた屋敷を探検したのはいつ以来かしら。幼い頃は、あちこち見て回るのが楽しくて――）

楽しくて？　そうだった。昔はそんな風に楽しんだこともあった。でも、楽しかった日々は終わったのだ。もうそんな日は来ない。

そう思うと、クラウディアは胸に痛みを感じた。

（でも今だけなら……？　この、誰の目にも留まらない自由な時間をあと少しだけ味わえたら……。いいえ。馬鹿《ばか》なことを考えちゃだめよ）

いつからそんな甘い考えを抱くようになったのか。仕事開始に備えて、屋敷の構造を頭に入れるために歩いていたにすぎないというのに。

ホールから前庭を見ていたクラウディアは、逡巡《しゅんじゅん》した結果、踵《きびす》を返し裏庭へ直行した。

裏庭はどこの屋敷でも基本的に使用人しか使わない場所で、洗濯物を干したり、使用人が休憩したりするのに使われる。

最初に案内してくれたヨハンによれば、変わり者のアントンはたまに顔を出すらしいが。

裏庭には誰もいなかった。

使用人部屋や厨房《ちゅうぼう》へも通じているので、ここに来た時はいつも誰かしらいたのだが、今日は皆、忙しくしているようだ。

そう思うと、ぶらぶらしていることが申し訳なく感じられる。

（それにしても、こんなにも自由に過ごせるなんて……）

皆、クラウディアの存在など忘れてしまったとか？　まさかそれはない。それなら食事の用意だって忘れるに決まっている。三食とも誰かしらが部屋に届けてくれるのだ。

そもそも、冷酷な領主が罪人を遊ばせておくなど考えられない。

今は、この先しっかり働けるようになるための、束《つか》の間の療養期間なのだ。

それならば――。

体力は回復したと思う。正直に言わなければ。そして真面目に働くのだ。失敗などしようものなら、どんな仕打ちが待っているかわからないのだから。


五日目の朝。

昨日の朝はパンとスープでお腹《なか》がいっぱいになったのに、今朝はパンとスープに加えて卵料理とベーコンまでもが、するするっとお腹に収まった。

クラウディアは残さず食べられたことに満足して朝食を下げに厨房に行き、ネリーの居場所を尋ねた。

ネリーはパントリーで食料の在庫を確認していた。

「あの、ネリーさん。長々と休ませていただき、ありがとうございました。私も今日から働きます」

「え？」

「もうすっかり元気になりました。私の仕事を教えてください」

「ふう……。確かに食事も全部残さず食べているとは聞いていますよ。でもねえ」

言いながらネリーはクラウディアの顔色を見て、大丈夫だと踏んだようだ。

「じゃあ私と一緒に一通りやってみましょう」

クラウディアの予想に反して、ネリーが割り振った仕事は、インスブルック家にいた時とほとんど変わらない屋敷の掃除や洗濯などだった。

（もっと体を酷使するようなキツい仕事を言いつけられると思っていたのに。まだ様子見なのかしら？）

ネリーは仕事の手順を説明し、クラウディアが申し分なくできることを確認すると、一緒に作業する使用人に引き継ぎ、いったんネリー自身の本来の仕事へと戻っていく。

そして、作業が一段落する頃合いに戻ってきては、クラウディアの手を止めさせて、次の仕事へと移る。

そうしてネリーは、一日でほとんどの仕事と、一緒に働く使用人たちの紹介を済ませた。

初めて顔を合わせた使用人たちは皆、クラウディアとの接し方に戸惑い、最初はモゴモゴと口ごもって遠巻きにしていた。

クラウディアもどちらかと言えば人見知りする方なので、互いに名乗りもせず黙りこくってしまう。

そんな気まずい雰囲気も、ネリーはメイド長というだけあって、難なくほぐしていく。

「ここでは、新参者から先に挨拶《あいさつ》をする決まりなのですよ」

「あ。あの。クラウディアと申します。一生懸命がんばりますので、よ、よろしくお願いします」

「は、はい。こ、こちらこそ。あ、あの、クラウディア様――」

「呼び捨てで大丈夫ですので」

「い、いいえ。そんな――」

父親が亡くなってしばらくは、インスブルック家の使用人たちも同じような反応をしていた。だが、徐々に使用人としてのクラウディアを受け入れていった。

（……いけない。自分から呼び捨てにしろって言っておいて、今、不機嫌な顔になっていなかったかしら？）

知らない土地で、一日中一緒にいる使用人仲間に嫌われてしまっては、針のむしろで生活することになる。

クラウディアは口角を上げて微笑《ほほえ》むという慣れない努力をしてみたが、どうやらうまくいかなかったらしい。

ネリーが痛々しい目で見ている。

「まあ確かに。一緒に働くのに、様っていうのはね……」

ネリーはクラウディアと使用人たちの顔を見ながら思案した結果、結論に至ったようでキッパリと告げた。

「ですが、公爵令嬢をいきなり呼び捨てにするのは勇気がいることです。いちいち気を使いながら働くのは大変なので、しばらくは、「クラウディア様」と呼びましょう。クラウディア様もそれでよろしいですね？」

そう言われては断れない。

「はい。構いません」

使用人たちは、「はあ」と胸を撫《な》で下ろした。

「じゃあ、クラウディア様。今日はここの仕事を最後までやってください。何かあれば、この赤毛のリーシュにお聞きください」

「あ。はい。では、リーシュさん。よろしくお願いします」

「わ、私のほうこそ、よろしくお願いします」

クラウディアとリーシュがぎこちなく挨拶をしたところで、ネリーは去った。

変なところで周囲に負担をかけてしまっている。これではただの厄介者だ。そう思ったクラウディアは働きぶりで仲間だと認めてもらうしかないと、雑巾を絞る手に渾身《こんしん》の力を込めた。

「……あ。本当に初めてじゃないんですね。ご実家にいらっしゃった時も働かれていたというのは本当だったんですね」

「まさか水仕事もされていたなんて」

リーシュや他の子たちは、クラウディアの手つきに感心したらしく、褒め言葉を口にしてくれた。

「そこまでかたく絞れる子はそうそういませんよ。この子なんて最初は全然力が入らなくて、びしょびしょにしていたんですから」

リーシュに顎で指された少女は、「えへへへ」と、悪びれもせずに笑った。

「じゃあ、クラウディア様。私たちは階段の掃除にいきましょう」

リーシュについて長い廊下を足早に歩き、屋敷の左側の端の棟までやって来た。

「この時間ならユリウス様は二階の執務室にいらっしゃるので、顔を合わせることはないはずです。さっさと片付けて隣の棟へ移りましょう」

「ええ」

クラウディアが右の手すりを、リーシュが左のそれを拭き清めることになった。

「この階段――まるで芸術品のようですね」

「そうでしょう？　やっぱり王都のお屋敷にも負けないんですね！　あ！　仕事中は喋《しゃべ》らないようにって言われているんです。二階を拭く時は気をつけてくださいね。ユリウス様のお仕事の邪魔をしようものなら、アントン様にねちねち叱られますから」

ねちねち……？　クラウディアはアントンと会話らしい会話をしたことがないが、そんなタイプには見えなかった。それでも仕事の邪魔にならないように気をつけなければ。

「それでは、もう今から黙った方がいいですね」

「確かに！」

そうしてクラウディアは手の動きにだけ神経を集中させた。

クラウディアとリーシュが階段の手すりを拭き始めた時、二階の執務室のドアが開いていたことに二人は気がつかなかった。

アントンが部屋を出ようとしていたのだが、クラウディアの声が聞こえてきたので、そのまま階下の会話に耳を傾けたのだ。

短い会話が終わると、「普通に話せるのだな」と、背後からユリウスの不機嫌さを含んだ声が聞こえたので、アントンは静かにドアを閉めてユリウスに向き合った。

「随分と馴染《なじ》んでいるようだな」

「そのようですね。まあ、あんな風に仕事中にお喋りするのは感心しませんがね。誰がねちねちと――」

「『申し訳ございません』以外の言葉も知っているようだ」

「そのようですね」

「使用人仲間とは普通に喋れるのか」と、口に出かかったのを、ユリウスはすんでのところで押しとどめた。

「どうされました？　何かご不満でも？」

「いや、別に」

「ふーん？　では、私はこれで」

アントンはそう言うとくるりと背を向けてドアを開けた。なおも、「誰がねちねちと叱るというんだ」とつぶやきながら。

クラウディアは、仕事が変わる度に一緒に組む使用人を変えられたが、探り探りながらも、互いの距離を縮めて一日の仕事を終えた。

その日の夜の食事は、最初の日の夜に出された牛肉の煮込み料理だった。あの時は二口ほど食べたきりで、ほとんどを残してしまった。それがどうだろう。今日はペロリと平らげることができた。

体力がついてきたせいだろうか。もちろん美味《おい》しいからでもあるけれど、それだけではない気がする。

（私のために食事を用意してくれる人がいることが嬉《うれ》しいのかしら？　今日一緒に働いた人たちも皆、とっても優しかった。私のことをまだ貴族として見ているせいだろうけれど、嫌われてはいないみたい。そういう感情って、どうしても態度に出るもの）

＊＊＊

翌日、クラウディアは洗濯を任された。洗濯所に山積みされたリネン類に腕がなる。

三人が並んで洗える細長い洗濯桶《おけ》に、クラウディアは率先して水を溜《た》めた。

昨日とは違う使用人の女性たちは挨拶をした後、どうしたものかと固まっていたので、気遣いは無用だと態度で示したのだ。

すると、彼女たちは口々に手際《てぎわ》がいいと褒め、あっという間に日常的な洗濯風景になった。

洗濯所は並んで作業するため、どこの屋敷でも女性たちのお喋りの場となる。

クラウディアが水に手をつけたまま、その感触を確かめていると二人に不思議そうな顔をされた。

「まだ四月の半ばなのに、ここの水は温かいんですね」

クラウディアがそうつぶやくと、逆に驚かれた。

「えー？　四月で水が冷たいなんてこと、あるんですか？」

「グラーツ領は南の端っこって聞いていましたけど、他領はそんなに寒いところなんですか？」

「ええと。なんていうか。寒さが長引く時があるんです。そういう年は四月の終わりくらいまでは冷たいことがあるんです」

「へえー」

「じゃあ、真冬は大変でしょう？」

「もう痛いくらいです」

そんな会話をしながらも、皆、手を休めることはない。見る見るうちに、洗い上がった洗濯物でカゴがいっぱいになった。

「私、干してきますね」

そう言ってクラウディアはカゴを持ち上げたが、想像以上に重くてヨタヨタとよろめいてしまう。

「あ！　危ない！」

「下ろして！」

このまま落としてしまうと、ここまでの皆の働きを台無しにしてしまう。そう思って踏ん張ろうとした時だった。

クラウディアは背後に人の気配を感じた。

「きゃっ」

「あ、悪い。重そうだったんで、つい」

急にカゴを奪われたため、クラウディアはバランスを崩してしまった。

「大丈夫？」

「もう。声くらいかけなさいよねっ！」

女性二人に詰め寄られている長身の男性は、カゴを持ったまま恐縮している。

その様子を冷やかしながら、男性の連れがやって来た。

「なんだよ。抜け駆けしやがって」

「なっ。咄嗟《とっさ》に手が出ただけだよ」

「お前、この前まで、『きっちり上下関係をわからせてやる』とか言ってなかったか？」

カゴを持った男性は、発言を暴露されて、「わーっ！　馬鹿っ！　このヤロー」と慌てている。

（……やっぱり。歓迎されていなかったのね。それでもこうして手伝ってくださるなんて。このお屋敷の皆さんは、根が優しい方ばかりなんだわ）

「もう。この馬鹿どもは私が連れて行きますから、クラウディア様はここにいらしてください」

クラウディアの隣で洗っていた女性が、「ほらっ！」と、声をかけて男性二人を連れて行った。

「あっはっは。いいように使われていますね」

「うふふ」

クラウディアも思わず笑みがこぼれた。

（なんでかしら。これまでと同じように働いているのに、ちっとも辛《つら》くないわ）

洗濯を終え、ベッドメイクを済ませると昼になった。

クラウディアも誘われて、初めて他の使用人たちと一緒に昼食をとることになった。

クラウディアがスプーンを口に運ぶと、部屋の中が静まりかえった。

「あ、あの？　何か？　私――」

不安がるクラウディアに、向かいに座っていた女性が、「な、なんでもないです。それより、えっと」と会話を探してあたふたし始めた。

使用人たちがクラウディアの所作の美しさに見惚《みと》れていたとは知らず、気まずい空気を察した彼女は、「あ、あの。私、お水を持ってきます」と、席を外した。


クラウディアが昼食を終えて厨房に向かうと、彼女に釘《くぎ》付けになっていた者たちが、「はあー」とか、「ふうー」と、息を吐いたり吸ったりし始めた。

「驚いたな。やっぱり公爵令嬢っていうのは、俺たちとは全然違う生きものなんだな」

「そりゃあそうでしょ！　小さい頃から厳しく教育されてんだから」

「うんうん」と次々に同意する者たちが、それぞれの思いを口にする。

「だよなあ。やっぱ品があるよな」

「そうなのよ。本当に私たちと一緒に働いてもらっていいのかしら。ふっと我に返ると恐ろしくなるのよ」

「噂《うわさ》の白豚令嬢とは大違いだしな。だとすると、あの判決はなんなんだ？」

「そうそう。王太子の方が間違ってるとしか思えねえよなー」

「絶対に間違ってるだろう。豪華な食事をしていたんなら、もっと太ってるはずだろ」

皆、我も我もと言葉が飛び交う。

「ねえ、それより、クラウディア様の手を見た？　あかぎれだらけでしょ。私の手より荒れていたわ」

「いや、それよりも何よりも、なんであそこまで痩せてるんだ？　飯をろくすっぽ食わせてもらってなかったんだってな。ひでーことしやがるぜ」

「あれだろ。結局、義理の母親に公爵家を乗っ取られたんだろ」

「あんな上品なお嬢さんが、父親が亡くなっただけで没落していく姿は見るに堪《た》えないな」

「本当よ。いくら王太子の命令だからって、貴族のお嬢さんに私たちと同じ格好をさせるなんて、ひどすぎるわ」

誰かの意見に言葉をかぶせていくうちに、どんどんと熱を帯びていき、最後には、領主への疑念まで生まれてしまった。

「でもさ。クラウディア様を酷《ひど》い目に遭わせているってことはさ。ユリウス様は判決内容を鵜呑《うの》みにされたってことか？」

「うーん。どうなんだろう。何かお考えあってのことなのかな？」

「先代の領主様は、そういう間違いを許さない方だったのにな」

これ以上は見過ごせないと、それまで黙っていたネリーが大きな声で一喝した。

「はいはい。そこまで。みんなの言いたいことはわかりました。その辺にしておかないと、反逆罪に問われますよ」

夜が更けた頃、ネリーの姿はユリウスの執務室にあった。もちろんアントンも控えている。

「──というわけですので。公爵令嬢とまではいかなくても、使用人のお仕着せではなく、普通のお嬢さんが身につけるようなドレスを着させてあげたいのですが。判決文には、働かせろとはありましたが、無様《ぶざま》な格好をさせろとはありませんでしたよね」

ユリウスは怪訝《けげん》に思う感情を抑えて、疑問に思ったことだけを口にした。

「使用人たちは、なぜクラウディアの身なりなどを気にするのだ」

「好きだからですよ。みんなクラウディア様のことを気に入ったんですよ」

そう言うネリーも同じ気持ちだからこそ進言しているのだろう。それはユリウスにも伝わった。

ユリウスも最初にクラウディアに会った時、とても普通に働ける状態ではないと見てとった。直接本人に優しい言葉をかけたわけではないが、それでも気遣ったのだ。

それなのに、ユリウスは何も考えず型通りの指示をしたように使用人たちに思われている。あまつさえ彼らからクラウディアを思いやる提案を受けて、ユリウスは憮然《ぶぜん》とした。

そんなユリウスを見たせいか、いつもなら無粋なことを言って周囲を辟易《へきえき》させるアントンが、珍しく執事兼秘書らしい殊勝な申し出をした。

「ユリウス様。ぜひ、私にお任せを。仕事に差し支えのない範囲のデザインで、使用人の皆さんが納得するドレスを仕立てさせますので」

「ああ、頼む」

燭台《しょくだい》に照らされたユリウスの横顔には、自分の言動に怯《おび》えるクラウディアに腹を立ててしまい、その人となりを見ようともしなかった後悔が浮かんでいた。

（もう少し辛抱強く彼女の話を聞いてやればよかったのか？　いや……質問に中途半端な受け答えしかしていないのだから、彼女の方からきちんと詫《わ》びに来るべきではないのか？）

「まあ、いい……」

クラウディアとはそのうちまたどこかで話す機会があるだろう。なければ――なければ、こちらから作ればいいだけのことだ。

＊＊＊

「それでは、私も今日はこれで失礼いたします」

アントンはそれだけ言って、急いで執務室を出た。

先に執務室を出たネリーを摑《つか》まえて確認したいことがあったのだ。

（ユリウス様の言う通りだ。グラーツ領に来て数日の娘を、どうして皆がそこまで気にかけるのか。「皆」というのは本当にみんななのか）

ドアを開ければすぐそこにいるだろうと思ったネリーは、すでに階段を下りて一階の廊下を歩いていた。

（歳の割には歩くのが早いんだから）

アントンは、大きな声を出さなくても聞こえる距離まで近づいて声をかけた。

「ネリー。少しいいかな？　先ほどの提言について聞きたいことがあるんだけど」

アントンの改まった口調に、ネリーが怪訝な表情を浮かべた。

「おや？　なんですか？」

「私の部屋で話そうか」


アントンはネリーを部屋に招き入れると、単刀直入に尋ねた。

「クラウディア様だけどさ。本当に使用人たちから好かれているの？　あなたのことだから、数人の声を『皆の声』などとは言わないと思うけど」

「何がおっしゃりたいんです？　とても気立ての良いお嬢さんじゃないですか。素直で頭もいいし。好かれるのは当然ですよ」

「随分と買っているねえ。でも、私は先代に誓ったんだ。『グラーツ領とユリウス様をお守りする』と。王都の人間なんかに――」

「グ、ラ、ー、ツ、領、の人間ですよ」と、ネリーが鋭い眼差《まなざ》しでアントンの言葉を訂正した。

「クラウディア様は、グラーツ領の人間ですよ。あなたが守ると誓ったグラーツ領の領民なんです。先代のおっしゃっていたことをお忘れですか？　『ここで暮らす者たちは、みんな家族だ』と。口癖のようにおっしゃっていたではないですか」

「だから私は――」

「クラウディア様に、ここ以外に行くあてなどないではありませんか。ここで暮らしているのですから、立派な領民です」

アントンはムッとして、「それは今だけのこと。王都の人間をいつまでも預かるつもりはない」と言い返した。

「それはアントン様のお考えでしょ。……はあ。まったくもう。女性嫌いなのはユリウス様ではなくてアントン様の方ですよね。ユリウス様は、女性と接する経験が少なすぎて、女性がお菓子やお花の話をすることが理解できないだけなんでしょうけど」

ネリーは困ったものだと言いたげに、ため息まじりにこぼした。

「だいたい、ユリウス様のところにきた縁談を片っ端からお断りをしているのはアントン様ですよね。なんだかんだと理由をつけてはバッサリお切りになって。冷酷だの、溶けない氷像だのという噂の半分は、アントン様が原因なのでは？」

「……な、何を。私は、ユリウス様に相応《ふさわ》しいお相手を吟味しているだけで。――って。そんな話をするために呼んだんじゃないのに。……もう。あなたには敵《かな》わないなあ。なんだか私が間違っているような気にさせられる」

なおも小言を言いたげなネリーを、アントンは半ば強引に部屋の外に出した。

翌日から、アントンは些細《ささい》な用事でも、すぐにクラウディアを呼んだ。

「すみませんね。こちらのテーブルクロスですが。ほら、ここ。ここが少し汚れているんです。今すぐ洗ってもらいたいんですが」

「は、はい」

クラウディアがテーブルクロスを折りたたんで部屋を出ていくと、その後をアントンがついていく。

彼女が洗濯所へ持っていって洗い始めても、彼はそのままクラウディアの様子を観察している。

「あ、あの。洗い終わりましたけど。汚れが落ちているか確認されますか?」

「いえ。結構です」

「はあ……」

側《そば》で二人の様子を見ていた使用人たちも、意味がわからず困惑していた。


「クラウディア様。あの窓の右上ですが。あそこだけ曇っているように見えるんです」

「では、すぐに拭きます」

いったん下がったクラウディアは、ハシゴを持った男性使用人二人を伴って戻ってきた。

「アントン様。ハシゴの上の作業は危ないんで、俺たちが拭きますが構いませんよね?」

「え?　ええ。別に構いません。よろしくお願いします」

「よ、よろしいのですか?」

自分に言いつけられたのにと、あたふたするクラウディアに、男性たちは、「いいから、俺らにまかしとけって」と、さっさと仕事を始めてしまった。

そんな様子を、アントンは黙って見ている。


「クラウディア様。ここを引っ掛けて割いてしまったんです。繕っていただけますか？」

「はい」

アントンが持ってきたシャツの裾を繕っていると、彼はクラウディアの手元をじっと見ている。

クラウディアはアントンの視線が気になり、チラチラと彼の顔色を窺《うかが》いながら針を刺す。

「あー。私のことは気にせず続けてください」

「は、はい」


そんなことが続き、クラウディアがネリーに相談しようと思った頃、アントンは彼女に構うことをやめた。

（ふーん。使用人とは普通に接するのに、立場が上の者に対しては、なぜか必要以上に卑屈な態度をとるんだな。とはいえ……）

アントンがそんなことを考えながら廊下を歩いていると、ネリーにすれ違いざまに尋ねられた。

「どうですか？　クラウディア様は？」

ハッとして立ち止まると、ネリーが微笑んでいる。

「バレていたか」

「当然です。それで？」

「まあ――認めてやってもいいかな。王都で生まれ育った貴族なのに、私の記憶にある者たちとは違うようだし。ユリウス様からも目を配るよう言いつかっているしね」

「そうですか。わかっていただければいいんです」

ネリーは満足そうな表情で去っていった。


アントンは思い立って厨房へ向かった。厨房を通り抜けて外に出ると、裏庭が何やら騒がしい。使用人たちが楽しげに盛り上がっている。その輪の中にクラウディアもいた。

（わかったよネリー。王都の有力貴族の娘というだけで、私はクラウディア様自身を見ようとはしなかった）

「……クラウディア様。ようこそグラーツ領へ」

第三章　「私の庇護下に置く」

夜遅く、ヨハンが王都から戻ってきた。

「戻り次第顔を出せとのことでしたので、こんな時間ですが参りました。よろしいですか？」

アントンが、「もちろん」と、執務室のドアを開けてにこやかに迎え入れる。

「やあやあ、お帰り。その様子だと、知りたいことは全部わかったようだね」

そう言われてヨハンの顔に、ぱあっと嬉《うれ》しさが広がった。役目を無事にこなせると自負してはいたが、実際こうして褒められて、やり遂げられた喜びが溢《あふ》れてきたのだ。

「はい！　終わった事については皆さん口が緩むみたいで。いろいろ聞くことができました」

「ははは。確かにそうかもしれないね。渦中の娘は南の果ての領地に追い払われた後だしね」

「アントン」

入り口付近で立ち話を始めてしまったアントンに、見かねたユリウスが視線で指示をする。

「ああ、すみません。ささ。こちらへ」

ヨハンは三人分のお茶の用意を持参していた。アントンが話し始めてしまったので、セッティングする間がなかったのだ。

ユリウスの向かいにアントンとヨハンが座った。皆が紅茶を一口飲んだのを見計らって、ヨハンが居住まいを正した。

ユリウスが頷《うなず》くと、ヨハンが口を開いた。

「まずは暇を出されたインスブルック家の使用人たちを探し出して話を聞いたのですが、彼らだけで、おおよそのことはわかりました」

領主の死後、その後妻と娘——クラウディアにとっては義母と義妹にあたる——が実権を握り、今に至るまで贅沢《ぜいたく》の限りを尽くしていること。

クラウディアは、ずっと節約を強いられてきた二人の不満のはけ口にされ、義母と義妹から毎日、罵声を浴びせられ使用人として酷使されていたこと。

重要な交易事業を胡散臭《うさんくさ》いリンツ商会に丸投げし、使用人もリンツ商会から派遣してもらい、クラウディアをかばう古くからの使用人は全員暇を出されたこと。

「確か、領主は流行《はや》り病で急逝したんだったな。せめて娘が成人していれば話は違っただろうに。名家がこんなことになるとは残念だ」

ユリウスが珍しく憐憫《れんびん》の情を示した。

「はい。使用人の方々も、クラウディア様を心配されていました。交易事業どころか本館からも締め出されて、お金に手をつけることさえできないのに、どうしてあんな判決が出たのだろうと、皆さん納得がいかないようでした」

「かといって、使用人たちに何ができるわけでもなし——」

アントンのつぶやきにヨハンが頷く。

「ええ。ええ。そうなんです。皆さん、話をするうちに、ご自分たちの無力さに涙を流される方もいらっしゃいました」

ユリウスは、ほんの数日前、目の前に立っていたクラウディアの姿を思い出していた。

何もかも諦めてしまった生気のない顔。おどおどと怯《おび》える様子。

人の恨みを買うような性根は、嫌でも顔にでるものだ。

あれだけの横領《 》のことを成すには、それなりの胆力がいるはず。

どう見てもあの娘は無実だ。

フランツ殿下は馬鹿《ばか》なのか？

静かにティーカップを口に運ぶユリウスにつられて、ヨハンも紅茶で喉を湿らすと、そのまま続けた。

「事件について調べるためにアントン様の伝手《つて》をお借りして、リンツ商会に雇ってもらえるところまでこぎつけました。事務所で顔合わせということで、何か証拠になりそうなものがないか探ってみたんですが、さすがに無理でした」

「いやあ、警備が厳重でして」と言い訳しつつ、話題はリンツ商会の代表のヒューゴーに移った。

「商人仲間からの評判は最悪ですね。最初は詐欺まがいの汚いやり口で元手を作り、権力者に取り入って商会を大きくしたようです。汚れ仕事まで請け負っていると噂《うわさ》になったくらいです。それでもあっという間に規模を拡大して、今じゃ貴族社会にも顔がきくようになりましたからね。相当な手腕と言えなくもないです」

「褒めてるのか?」と、ユリウスの青い瞳に牽制《けんせい》され、ヨハンが慌てて頭を左右に振った。

「……それで? 判決に至るまでの経緯は?」と、アントンが水を向ける。

「あ。はい。いやあ、王宮は緊張しました。ユリウス様の紹介状を持っていても、あの屈強な兵士たちに睨《にら》まれると生きた心地がしませんでした。ワインを持っていったのは正解でした。王宮に納めることができそうか、味見してほしいと言うと、人だかりができましたからねー。もう、飲めば飲むだけ口が軽くなって――」

ヨハンが調子に乗って脱線しそうになり、アントンが咳払《せきばら》いをした。

「あ。すみません。ゾフィーとメラニーの母娘は、フランツ殿下への献上品を持参して足繁く通っていたそうです。その場に居合わせた者によれば、二人は泣きながら現状を殿下に訴えていたそうで。なんでもインスブルック家の交易事業を牛耳っているクラウディア様が、二人の生活費を満足にくれないくせに自分は豪遊しているとか。まあ、そんな感じの与太話をしては、涙を流していたそうです。殿下は令嬢の涙に弱いようで、『けしからん! 今すぐ連れてまいれ!』と感情的になられることもあったとか。それを娘が『お許しください』と庇《かば》うものだから――」

「『なんと心の美しい令嬢なのだ』とでも言ったのかな」

アントンが決め台詞《ぜりふ》を奪うと、ヨハンは、ああ、そのセリフはオレが言いたかったと悔しそうな顔をしながらも認めた。

「そうなんです! 殿下はクラウディア様を裁く法はないのかと従者に八つ当たりすることもあったそうです」

「なるほど。そこまでの状況を作り上げた上での告発か」

ユリウスはもう皆まで言わなくともわかると食傷気味だ。

「はい。横領した上での脱税について、母娘がちらっと匂わせただけで、殿下がクラウディア様の拘束を命じられたとか」

ユリウスが頭を抱えて唸《うな》るのを見て、アントンが代弁した。

「母娘は狂喜乱舞しただろうね。と言うよりも、フランツ殿下がここまで簡単に手のひらの上で踊ってくれるとは思ってもみなかったのかもしれないな。それにしても、我《わ》が国のご老人たちが苦言を呈さなかったとは思えないけど……」

「ええ。公爵家の裁判とあって、名だたる名家の当主らが集まっていたようです。シュテファン公爵は即座に異を唱えたらしいのですが――」

その名前を聞いてユリウスがハッと目を見張った。

「病状が思わしくないため、もう何年も屋敷を出られていないと聞いているが。そうか……。あの方が……」

ヨハンは申し訳なさそうに伏し目がちに言った。

「はい。ですが、殿下は聞く耳を持たれず、その場で高らかに言い切ったそうです。『信用できる証人は、百の証拠に勝る』と」

聞いた途端、ユリウスとアントンが揃《そろ》って紅茶を吹き出しそうになった。

「ぐふ。なんだそれは。ものすごく格好のいい言葉のようで、実際は間が抜けている」

アントンはそう吐き捨てて、ハンカチで口を拭った。

「女の浅知恵かもしれんな。ということは、やはり証拠は――」

ユリウスの青い瞳が光った。

「皆無です。何一つ提示されていません。殿下の前で涙を流した女性の証言によって判決が下されたのです」

「とんだ茶番じゃないですか。いやむしろ、そこまで前代未聞の茶番が繰り広げられるとわかっていたら、私もその場で見たかったなー」

ふざけているアントンを注意することなく、ユリウスが冷ややかに言った。

「フランツ殿下のその後が気になるな。そのような甘言に惑わされるとは。次期国王がそれでは心配だ。国政がその母娘の手に落ちたも同然ではないか。これは憂慮すべき事態だ。だが……」

ユリウスは、ギュッと拳を握りしめた。

王の代理、すなわち王命による判決は絶対だ。一領主の判断で、その命令に逆らうことはできない。王都から遠く離れたここグラーツ領で、クラウディアを客として相応のもてなしをしたとしても、おそらく王宮へ伝わることはないだろう。

――よいか、ユリウス。自分の良心と矜持《きょうじ》に従い、正しいことを成すのだ。

「今日よりクラウディア嬢を私の庇護下《ひごか》に置く。彼女は無実の罪を着せられた可能性が高い。ネリーから使用人全員にその旨を伝えさせろ。ただし――」

ユリウスに皆まで言わせる気は、アントンには毛頭ないらしい。

「承知しております。王命ですので表立って客人としては扱えませんが、ネリーならばその辺はうまくやってくれることでしょう」

＊＊＊

ヨハンを下がらせてアントンと二人になったユリウスは、まだ興奮が収まり切らずにいた。

脳裏に、申し立てをするつもりはないかと尋ねた時の、うつむいたクラウディアの姿がまざまざと蘇《よみがえ》る。

あの時の、彼女が絞り出すように言った言葉。

『何も――変わらないと思います。判決が覆るとは思いません』

その言葉の意味がわかった。

おそらく横領の事実そのものがないか、あったとしても犯人は他にいる。

横領がなかったことを示す証拠、あるいは真犯人を示す証拠を、クラウディアは探せるはずがないと諦めているのだ。

頼る者もいない十五歳の娘には、あまりにも酷な話だ。

「だが反論くらいしてもよさそうなものだ。諾々と受け入れてどうする！　その結果がこれなんだぞ！」

沸々と怒りが湧いてきたユリウスは、アントンにぶつけても仕方がないとわかっているのに止められなかった。

「……まあ。それも無理はないでしょう。ネリーが言っていましたね。『おそろしく手際《てぎわ》よく仕事をする』と。『普通の令嬢にできるはずがない』とも」

「二年間、毎日下働きをやらされていたのだからな。相当酷《ひど》い扱いを受けていたのだろう」

「ええ。二年の間に、公爵令嬢というプライドも、父親の補佐をしていたという自負も、全部奪われてしまったのでしょうね。ネリーが、『手を見ればわかります』と言っていました」

「手？」

ユリウスは、クラウディアのおどおどした態度しか記憶になかった。

「普通の使用人でもあそこまで荒れることはないそうですよ。水仕事のせいなのですが、クラウディア様は荒れるにまかせていて、自分の体なのにいたわる気持ちがないようだと」

「……そうか」

手荒れ一つでそこまで見抜くネリーに、ユリウスは単に人生経験だけでなく、他人を思いやる心根で負けた気がした。

「幼い者にとっての二年間は相当長い年月ですからね。物心ついてから十年とすれば、その五分の一に相当する期間ですよ。……ユリウス様。飛べなくなった虫の実験の話を覚えていらっしゃいますか？」

「あれか。瓶に虫を入れて蓋《ふた》をして閉じ込めると、虫はいくら飛んでも蓋にぶつかってしまうから、その後蓋をとっても、蓋があったところまでしか飛ばなくなるというやつか」

「ええ。何日閉じ込めておくと、飛ばなくなるか覚えていらっしゃいますか？」

「どうだったかな。十日ほどか？」

「三日です」

「そうか。それがいったい……」

「クラウディア様は、二年もの間、蓋をされていたのではありませんか？　何をしても無駄だと刷り込まれているようです。ではどうすれば虫が元通り飛ぶようになるかご存じですか？」

「そんな実験をしたという話は聞いていない」

「そうでしたっけ？　普通に飛ぶ虫を瓶の中に入れてやるだけでいいんです。その虫がなんの躊躇《ちゅうちょ》もなく飛んで瓶から出ていくところを見せてやるのです。そうすれば、飛べることを思い出すんですよ」

「ちょっと待て。何が言いたいんだ？」

「別に何も。ただ、ちょっと思い出しただけです」

「……お前」

「ふふふふ」

使用人が主人と顔を合わせることはほとんどない。使用人たちが主人の動向を把握した上で、目に留まらないように仕事をしているからだ。

だから、ユリウスがクラウディアの姿を見かけたのは、彼の気まぐれが招いた偶然だった。

その日、ユリウスは子どものはしゃぐ声に惹《ひ》かれて、なんとなく使用人たちが使う裏庭へ足を運んだ。

使用人が子どもを連れて来ることは珍しくない。禁止しているわけではないので、これまでも屋敷内に声が届くことがあった。

裏庭ではクラウディアがシーツを干していた。その周りをキャッキャッと子どもらが走り回っている。そんな子どもたちに、クラウディアは笑顔を見せていた。

ユリウスは驚いた。クラウディアが「笑う」という事実に、単純に驚いたのだ。驚いたあまり、裏庭にいた使用人たちが彼を見て何事かと固まっていることにさえ気がつかず、クラウディアに詰め寄っていた。

「そなた……今……笑ったか？　笑ったのか？」

突然現れたユリウスに驚いたクラウディアが、反射的に謝った。

「は？　え？　あ、あの――申し訳ございません……」

「……！　あ、いや、別に」

怯えるクラウディアと周囲の視線に気がついたユリウスは、いつもの冷静さを取り戻した。

「……よい。邪魔したな」

訝《いぶか》しがる使用人たちの視線を背中に感じながら、ユリウスは裏庭を後にした。終始何かを言いたげに側《そば》でニヤニヤしているアントンが煩《うるさ》くて仕方がない。

執務室に戻るとアントンが楽しそうに話し始めた。

「そういえばユリウス様もお小さい頃は、他の貴族のご子息と一緒になって、庭だろうと廊下だろうと、よく駆け回っておいででしたね」

「誰の話をしているのだ。私にそんな記憶はない」

ユリウスがそう言えば、アントンは悪戯《いたずら》っぽい目つきで続けた。

「……はあ。ユリウス様は、ご自分のことはご自身が一番よくわかっていると思い込んでいらっしゃるようですが、小さい頃の記憶などは曖昧でしょう？　そもそもおいくつから記憶をお持ちですか？　二歳ですか？　三歳ですか？　私はユリウス様がゼロ歳の時から――それこそ生まれてすぐの頃からずっとお側で見てきたのですからね。この世でユリウス様に一番詳しいのは私ということになります」

「気持ちの悪いことを言うな。いったい何の話をしているのだ」

ユリウスがムッとして言い返した。

「そうでした。クラウディア様のお話でした。随分と驚かれていましたね」

「ちょっと意外に思っただけだ。あんな顔で笑うこともあるのだと」

アントンは面白くてたまらないらしい。

「おや？　それだけですか？」

確かにそれだけではない。クラウディアは使用人たちには笑顔を見せるのに、ユリウスの前では相変わらず緊張したままなのだ。そう考えると何だか癪《しゃく》に触る。だがそれをアントンに素直に話す気にはならない。

「笑うとは思わなかったから驚いただけだ。行くぞ」

「やれやれ。ユリウス様も人のことは言えませんよ。そのお顔をくしゃっと歪《ゆが》められたことがありましたっけ?」

「私をなんだと思っている? 面白いことがあれば笑うさ」

「そうですか。では最近、何か面白いことがありましたか?」

「あるはずがないだろう」

「ふむ。つまり――笑っていないっていうことじゃないですか。たまには違うお顔を見せてくださいませ」

(……こいつ。面白がっているな)

「いや。むしろ、お前の前では常にこの顔でいてやることにする」

ユリウスはアントンを射殺さんばかりに睨みつけた。

＊＊＊

「クラウディア様。朝食後はいったんお部屋に戻ってください」

いつものように仕事に向かおうとしたクラウディアに、ネリーが声をかけた。

「……はい？」

クラウディアが部屋で待っていると、ネリーが大きな箱を抱えてやって来た。

「あ、あの。それは……」

「ユリウス様からです。どうぞ開けてみてください」

「え？　ユリウス様から？　私にですか？　いったい……」

わけがわからないままクラウディアが箱を開けると、中には美しいドレスが入っていた。

アントンが職人を急がせて、注文してからわずか三日で仕上げさせたものだ。

「あらまあ。どれも素敵《すてき》だこと。三着あれば当分は大丈夫ですね。うーん。そうですねえ……」

ネリーはドレスとクラウディアの顔を交互に見ながら、そのうちの一着を手に取った。

「今日はこのピンクのドレスを着てみましょう」

「あ、あの。これから仕事なのに、そんな――」

仕事をするのにドレスなど着ていたら、他の使用人たちはどう思うだろうか。きっと、仕事をするつもりがないのだと思うだろう。せっかく仲良くなれたところなのに、そんな風に嫌われるのは嫌だ。クラウディアは、とてもドレスを着る気にはなれなかった。

「私はこう見えて若い頃は侍女をしていたことだってあるのですよ？　その方に似合う色を選ぶのも侍女の器量の一つなのです。さあ、私の感性が鈍っていないことを確かめさせてください」

戸惑いの表情を浮かべて立ち尽くすクラウディアに、ネリーは抵抗する隙を与えず瞬く間に着替えさせた。

「お、おかしいです。使用人がこんな格好をするなんて」

「何もおかしいことはありません。ありがたく頂戴しておけばいいのです」

「で、ですが」

「ご好意はありがたく受け取るものです。遠慮ばかりするのは、かえって失礼になりますよ」

そこまで言われると、クラウディアも受け入れざるを得ない。

「はい」

二年間、擦り切れた綿のドレスを着ていたクラウディアは、絹の軽さに驚いた。スカート部分をつまみ上げると、なんだか熱いものがこみ上げてくる。

にじむ涙を堪《こら》えて、クラウディアはネリーに正直に伝えた。

「あ、あの。ものすごく素敵なドレスで、体にも馴染《なじ》んでいて、その、大変嬉しいのですが。腕の部分にあまりゆとりがなくて、これでは雑巾を絞ったり窓を拭いたりできそうにありません。やはり仕事をするには向いていないと思うのですが」

そんなことは百も承知のネリーは譲らなかった。

「では、そのドレスを着ていてもできる範囲の仕事を手伝っていただくことにします」

「え？　それって本末転倒なんじゃゃ……」

クラウディアのつぶやきはネリーに無視され、そのまま彼女はパントリーへ連れて行かれた。

その日からクラウディアは、ほうきを使った掃き掃除を除いて、洗濯や清掃といった水仕事を外され、食材の調達管理の補佐を主に任されることになった。

一人だけ楽な仕事を割り当てられたことに決まり悪さを感じたクラウディアは、使用人仲間とすれ違っても辿々《たどたど》しい挨拶《あいさつ》しかできず、顔も碌《ろく》に見られなくなってしまった。

それなのに、彼女の配置換えを聞いた人々から、「おめでとう」とか、「よかった」「安心した」などと声をかけられて戸惑いを隠せない。

「どうしてそのような顔をされているのです？　もしかしてお嫌でしたか？　私たち——勝手に喜んだりして——申し訳ありません」

しゅんとしたリーシュにそう言われて初めて、誰もクラウディアのことを妬《ねた》んだり恨んだりしていないのだとわかった。

「あ、そんな！　私の方こそごめんなさい。皆さんがそんな風に思ってくださっていたなんて……。私の分まで負担をかけてしまったのに……」

「負担だなんて！　元の人数に戻っただけなので、ちっとも負担じゃないです。それよりも——」

「それよりも——？　何？」

なぜかリーシュが顔を赤らめて言い淀《よど》んだので、クラウディアはおうむ返しに尋ねてしまった。

「はい。そのドレス——とってもお似合いです。やっぱりクラウディア様には綺麗《きれい》なドレスを着ていてほしいです」

真っ赤な顔のリーシュにはにかんだように笑われると、クラウディアの中に温かいものが広がっていく。

「ありがとう、リーシュさん。私――このドレスは有り難く頂戴することにするわ」


必要な食材の種類と量から、保存期間などを考慮して調達する仕事はとても楽しい。

体を使う仕事から頭を使う仕事に変わったのも嬉しかった。

担当者から説明を聞いているうちに、クラウディアの中の何かに火がついた。現状把握をしながら、無駄がないか、改善できることはないか、脳をフル回転させた。

――が、さすがに覚えることが多すぎて、クラウディアは知らず知らずのうちにため息をついていた。

教えていた担当者がハッと気づいて苦笑した。

「すみません。いきなり全部理解するなんて無理ですよね。クラウディア様があまりに呑《の》み込みが早いので、つい知っていることを全てお伝えしたくなってしまいました」

「そんな。私の方こそ、まだ十分把握していないのに、あれこれと質問ばかりしてしまい申し訳ないです」

「少し休憩しましょうか」

「はい」

（でも、休憩って、何をしたらいいのかしら？）

暇を持て余したクラウディアは、ネリーの了解を得て、各部屋に花を活けて回ることにした。

ピンクのドレス姿の女性が花を持って歩く姿は、男所帯の屋敷では見たことのない光景だった。視界に入ると嫌でも目で追ってしまう――ユリウスでさえも。

階段を上がろうとしたユリウスが、二階の廊下を歩くクラウディアに視線をやったことに気づいたアントンは、何気なく切り出した。

「クラウディア様がこの屋敷に来られてまだ十日ほどですが、随分変わられましたね。まあここに溶け込んだということでしょうけど。食事もちゃんと食べられるようになったとか。健康を取り戻して元気になられたようです」

「そうか」

ユリウスが彼女のことをまるで気にしていない素振《そぶ》りなのがおかしくて、アントンはついつい饒舌《じょうぜつ》になった。

「さすが元公爵令嬢。やはり美しいドレスがお似合いですね。私の手柄だと褒めていただいてもよろしいんですよ?」

「何がお前の手柄だ。領内で一、二を争う腕ききの人気職人にこの私が作らせたのだから、似合うのは当然だろう」

「はいはい」

アントンのいい加減な相槌《あいづち》に、ユリウスがムッとしながらも階段を上がると、ちょうど下りようとしていたクラウディアと鉢合わせるような格好になった。

「顔色がよくないな」と、ユリウスが言おうとした時だった。

クラウディアの体がふらりと斜めに傾いた。

ユリウスは咄嗟《とっさ》に彼女の腕をつかんで、その体を引き寄せた。

ぼうっとした様子のクラウディアだったが、目の前にあるユリウスの顔に焦点が合うと、「きゃっ」と言って、体を離した。

「一人で立てるのか?」

そう言ってからユリウスはハッとした。

『無表情のユリウス様がおっしゃると、気遣いではなく尋問のように聞こえるんですよねー』

アントンからそう言われたことを思い出したユリウスは、今の言い方では、クラウディアに余計な心労をかけてしまったかもしれないと消沈した。

気落ちしている間に、背後にいたアントンが、ユリウスを躱《かわ》してクラウディアに駆け寄り顔色を確認した。

「軽い立ちくらみのようですね。働きすぎなのではありませんか? ちゃんと休憩させてもらっていますか?」

アントンの「働きすぎ」と言う言葉に反応して、「ネリーは何をしているんだ」と、ユリウスが気色ばんだ。

「ネリーさんは何も悪くありません。いつも気を遣っていただいています。実は今だって休憩中な

んです」

慌ててクラウディアが釈明したが、ユリウスの怒りの矛先は彼女自身に向かった。

「そなた。休憩中に休憩しないで、何をやっているのだ」

クラウディアがピクッと体を硬直させたので、やれやれとアントンが助け舟を出す。

「まあまあユリウス様。そんな言い方をなさらなくても。クラウディア様も。ネリーの評価が下がりますから、至急、休憩してください」

「は、はいっ！　あ！　あの――ユリウス様。このドレス――ありがとう――ございました」

「……！　あ、ああ。その――あれだ。あのままではグラーツ領の品格が問われかねないからな」

クラウディアはユリウスの目を見ることなくお辞儀をして階段を下りていく。

クラウディアが視界から消えたところで、ユリウスがアントンを見据えて興奮気味に切り出した。

「礼を言うだけ言って、逃げるように去るとはどういうことだ？　それにしても……あれで回復しているのか？　立ちくらみだなどと、倒れかけたではないか。それに、あの手首の細さはなんだ。私は骨ごと砕いてしまったかと思ったぞ。確か、掃除や洗濯をさせていると言っていたな。昔ネリーが、『もう重たいものが持てなくなったから洗濯は無理だ』と言っていたが、重い物を持たせる仕事をさせているのか？　洗濯物の重さはどれくらいだ？　仕事はネリーに任せるとは言ったが、彼女の処遇を考えるのはお前の役目だったはずだ」

怒りが収まらない様子のユリウスに、アントンは辟易《へきえき》としながらも、どこか楽しげな様子で答えた。

「なんとユリウス様。それはつまり……？」

「つまり、なんだ？」

「いやあ。なんでもありません。クラウディア様には、もう洗濯などはさせていませんからご心配なく。そのほかも諸々《もろもろ》善処します。ふふふ」

ユリウスは、叱責《しっせき》されてニヤつくアントンにピシャリと言った。

「……お前。相変わらず気持ちの悪いやつだな」

＊＊＊

翌日からクラウディアの仕事は、はっきりと食材の調達管理と調理補助だけとなった。

厨房《ちゅうぼう》に立った経験のあるクラウディアだったが、使用人用のまかない料理しか作ったことがなかったため、ユリウスやアントンのために作る宮廷料理を料理長から習うことは楽しい経験だった。

「なるほど。スープにはこんなにもたくさんの野菜の美味《おい》しさが詰まっていたんですね」

料理長も出来の良い見習いには惜しげもなく伝授したくなるとみえ、クラウディアに手取り足取り指導していた。

「最後に卵白で上澄みを絡《から》めとれば――ほら」

「うわあ。綺麗ですね。透き通って鍋底が見えます」

「ここまでできれば、あとは味を整えるだけです」

クラウディアは、料理長から教わったスープを自分でも作れるようになりたいと、それから一週間、毎日野菜を煮込み続けては試行錯誤を繰り返した。

七日目。見た目だけは近づいた気がして、クラウディアは料理長に味見を頼んだ。

「どうでしょうか？」

「うむ。見た感じは悪くなさそうですよ。どれどれ――うん。うん！　美味《うま》い。いいでしょう。今日はこれをユリウス様にお出ししてみましょう」

「え？　私の作ったものをですか？　それは……さすがに……まずくはないですか？　領主様の食事なのに……」

「ははは。私が側につきっきりで見ていたのですよ？　料理については何の問題もありません。ユリウス様は、それはまあ驚かれるでしょうが、お咎《とが》めになることはありませんよ」

「そうでしょうか……？」

昼食の給仕係からアントンへは前もって伝えられていたが、ユリウスは知るべくもない。

スープを一口飲んだ彼は怪訝《けげん》な表情を浮かべた。

「……？」

「どうされました？」

「いや。いつもと少し味が違う気がする。まあ、これはこれで美味しいから問題ないが」

「ふふふ」

「何がおかしい？」

「実は……」


クラウディアは厨房の奥で、ユリウスの食事が終わるのをドキドキしながら待っていた。

（もし口をつけただけで召し上がっていなかったら……。その時は料理長ではなく私が作ったんだと申し開きをしなくっちゃ）

「く、クラウディア様！」

料理長が真っ青な顔で、洗い場にいるクラウディアを呼びにきた。

「まさか！　私、失敗したんですか？」

「ちがっ。ちがっ」

料理長が口をパクパクさせていると、「邪魔をする」と低い声が聞こえた。

料理長の背後から、圧倒的な存在感を伴ってユリウスが現れた。

貴族が、ましてや領主が厨房に入るなど、あり得ないことだ。

使用人たちは驚きのあまり固まってしまい、ろくに挨拶もできないありさまだ。

「今日のスープはそなたが作ったと聞いたのだが」

「は、はい。あの――。お口に合いませんでしたでしょうか」

「いや。美味かった。それを伝えにきただけだ」

「は？」

クラウディアだけでなくその場にいた全員が、ポカンと言葉を失った。

アントンが必死に笑いをこらえる中、ユリウスは皆の反応にはまったく動じることなく、真面目に尋ねた。

「掃除もそうだが、そなた、料理もできるのか？　いったいどうすればそんなことが身に付くのだ」

公爵令嬢なのに、とはあえて言わないユリウスだった。

「父が亡くなってからの二年間は毎日やっていましたので。それまでは交易事業についての勉強しかしていなかったため、初めは全然できませんでした」

「交易事業の勉強をしていたのか」

「はい。仕入れや流通の仕組みに適切な在庫量。リスク分散のための取引先の複数化や適正な価格の付け方など、どれも楽しくて仕方ありませんでした。帳簿の付け方も教わっ――――！」

つい調子に乗って喋《しゃべ》りすぎてしまったと、クラウディアは慌てて口を閉じた
「……ほう。帳簿をな」

（私ったら、なんて馬鹿なの。聞かれてもいないことをベラベラと）

「あの。私のような者が厨房に入り、ユリウス様のお口に入れる物を料理するなど軽率でした」

（そうよ。本来ならばもっと過酷な労働が待っていたはず。私はユリウス様に甘えすぎているわ）

「あの。グラーツ領の仕事といえば、港での労働だと伺っておりました。私は港で働かなくてよろしいのでしょうか？」

「ん？　港か。そうか。まだ見ておらぬか。ならば行ってみるか」

どこかぼんやりとした感じで答えたユリウスの言葉に、クラウディアは戸惑った。

「え？」

クラウディアは、ユリウスの言う「行く」が何を意味するのか理解できず、きちんと返事ができなかった。

「嫌か？」

使用人が主人の命令を拒否するなど、あり得ない。

「い、いいえ。いいえ。参ります。何なりとお申し付けください」

「何を言っている？」

頭を垂れたままユリウスの命令を待つクラウディアは、いつもなら「申し訳ございません」が口をついて出るところなのに、そう言わなかった自分に気づいて驚いていた。

「私が怖いか？」

ユリウスがポツリとこぼした。

（……え？　今、なんて？）

うつむいたままクラウディアが返事に困っていると、

「いい加減、頭を上げろ。行くぞ！」

と、威勢の良い言葉が降ってきた。

クラウディアがこわごわと頭を上げると、ユリウスは既に背中を向けていた。

楽しげなアントンが、身振《みぶ》りで、おいでおいでと手招きをしている。

微動だにしないクラウディアは、見かねた料理長に、

「ネリーには私から伝えておくので、仕事のことは心配いりません。それよりも早く！　ユリウス様をお待たせしないように」

と、急《せ》きたてられた。

訳がわからないクラウディアだったが、最後には、その場にいた使用人たちに背中をぐいっと押される形で厨房を後にした。


それなりの格好をしているとはいえ、豪奢《ごうしゃ》な馬車に乗せられユリウスの正面に座らされると、クラウディアは身の置き場がなくて落ち着かなかった。

顔を上げるとユリウスと目が合いそうで、馬車に乗り込んでから一度も顔を上げていない。

クラウディアの運命は、目の前の男に握られているのだ。どうしたって自然と体がこわばってしまう。

ユリウスに、「顔を上げろ」と叱責されるかと思ったが、何も言われないので、ずっとうつむいたまま膝の上の握りしめた手を見ていた。

窓の外の景色が流れていくスピードは早いのに、不思議と馬車はほとんど揺れなかった。

一度だけ、隣に座っているアントンの様子を窺《うかが》ったが、なぜか一人だけ上機嫌でくつろいでいた。

ユリウスが口を開かないので、誰も何も言わないまま時間だけが過ぎていく。

しばらくすると、アントンが何かに気づいたようで少し窓を開けた。

すると、初めてグラーツ領に来た日に嗅いだ、あの匂いが馬車の中に入ってきた。

「これって……」

クラウディアは思わず顔を上げて、窓の近くに寄った。

「海の――潮の匂いだ」

反射的に漏らしたクラウディアの言葉に、ユリウスがさらりと答えた。

「潮の匂い……？」

「……」

クラウディアの間の抜けた返しが気に入らなかったのか、ユリウスはそれっきり黙ってしまった。

「さすがに屋敷までは届きませんがね。慣れると気持ちがいいものですよ。クラウディア様にも好きになっていただけたら嬉しいです」

アントンがそう言って微笑《ほほえ》むので、自然とクラウディアも微笑み返していた。

ユリウスを盗み見ると、むっつりと押し黙っている。

（ああ私ったら。怒らせてしまったのかしら？　何か気の利いたことを言わなければ。どうしよう）

不機嫌そうなユリウスに、なんと声をかけるべきなのか。クラウディアは考えても答えがわからず、またうつむいてしまった。

「ユリウス様。せっかくの機会なのですから、もう少し会話を楽しまれてはいかがです？　と言っている間に着きそうですね」

アントンの言葉が合図のように、また新しい匂いがしてきた。

今度の匂いは少し不快に感じる。

窓を閉めなくても大丈夫なのかとアントンに尋ねようとしたが、ユリウスもアントンも顔色ひとつ変えず外を眺めている。

クラウディアは我慢ができず鼻にハンカチを押し当てた。

「あ、あの。これは何の匂いですか？　大丈夫なんでしょうか？」

アントンが答える前にユリウスがぶっきらぼうに言った。

「魚を知らないのか？」

クラウディアは魚を知っていたし食べたこともあるが、その匂いとは異なる……。

でも、そう答えるのは憚《はばか》られた。

ユリウスはその話題を続ける気はなさそうに足を組み替えて、窓の外を見ている。

風に揺れる銀髪に青い瞳。

クラウディアはユリウスの横顔から目が離せなかった。

（なんて美しい方。いつも厳しいお顔をされているけれど、よく見れば相当な美人さんだわ。溶けない氷像か……。ユリウス様の像なら、美術品としての価値が出てきそうだわ）

これまでは、ただただ恐ろしくて、ろくにユリウスの顔を見ていなかったのだ。

「ふふふ。王都から出たことのない方は、生魚を見る機会がありませんからね。当然、ご存じないはずですよ」

（え？　え？　生魚って……？）

蒸し返すアントンを見もせずに、ユリウスは、「ふん」と腕を組むと、正面のクラウディアを見据えた。

「……う」

その視線を受け止めることなどできず、クラウディアは思いっきり頭を下げてしまった。

「ふふふ。クラウディア様。もうすぐ着きますよ。どうぞご自分の目でお確かめください」

馬車は、賑《にぎ》やかな声が飛び交う中を進み、一際《ひときわ》大きな平屋建ての建物の前で止まった。

それは不思議な建物だった。床などなく、地面の上に太い柱が並んでいて、それらが大きな屋根を支えている。柱と柱の間には壁もない。建物というよりもむしろ巨大な木製のテントと言った方が近い代物だった。

「さあ。クラウディア様。まずはここからです」

ユリウスとアントンに続き馬車を降りたクラウディアは、やはり匂いが気になった。

——が、二人がそのままなのに、彼女だけがハンカチで鼻を覆うのはためらわれた。

(我慢よ。我慢。きっとこれも含めて過酷な労働と言われているんだわ)

建物の中はいくつかの区画に区切られており、たくさんの桶《おけ》が並んでいた。

そのどれからも音がしている。

水が張られた桶の中で何かが暴れているようで、ピチャピチャと音を立てていた。時折顔を覗《のぞ》かせるそれは、跳ねて桶から水をこぼしている。

よく見れば、床全体が濡《ぬ》れていた。

「どうです？　全部、とれたての新鮮な魚ですよ。生きている魚なんて王都では見られないでしょう」

「生きている魚――ですか？」

「ええそうです。これが匂いの正体です。ふふふ。面白いでしょう？　王都へは塩漬けにしたものしか出荷していませんからね。本来、魚は生きているものを調理して食べるんですよ。クラウディア様も召し上がったでしょう？　いかがでした？」

　そんなものを食べた記憶がなかった。

　クラウディアが怪訝な顔をしたので、アントンがヒントを出した。

「スープの中に白い色の塊が入っていたでしょう？　お肉よりも柔らかいのに弾力があって――」

「あ！」

　すぐに思い当たった。グラーツ領で採れる珍しい食材だと思っていたものだ。

「そう。それです！　美味しかったでしょう？」

「あれが、この、ここにあるアレだったのですか？」

　アントンは、おっかなびっくり指さすクラウディアがおかしいらしく、思いっきり笑った。

「あっはっは。ああ、すみません。失礼しました。ええ。そうです。アレですよ。そのうち、あの姿のまま焼いたものも食べる機会があるでしょう。あ、なんなら今夜召し上がりますか？　料理長に言っておきますよ」

「あ、あの。いいえ。私は皆さんと同じでいいので」

「そうですか？　まあ、そうおっしゃるなら」

二人の会話を遮るように、ピシャっと水飛沫《みずしぶき》をあげて魚が床に飛び出した。

「きゃっ。え？　え？」

真っ黒に日焼けした男性が、作業の手を止めて魚を拾った。

それから場違いな格好をしたクラウディアをちらっと見て、謝罪した。

「すんません！　それよりアントンの旦那。ユリウス様なら、とっくに港の方へ行かれやしたよ。こんなところで油を売っててていいんですかい？」

「ああ。まあ子どもじゃないので大丈夫ですよ。それに、今日はこちらのお嬢さんに港を紹介しに来たのでね」

「へえ」

見知らぬ男性からの――それも熊のような大男からの不躾《ぶしつけ》な視線はクラウディアを萎縮させた。

「こらこら。怖がっているじゃないか」

「あっ。すいやせん」

そのやりとりを見たクラウディアは、思わず「ふふっ」と笑ってしまった。

「あの。なんというか。ここで働かれている皆さんは、貴族に対しても、まるで使用人同士のような気やすさなのですね」

「ええ。先代の領主様がお許しになっていたので」

「なるほど。ユリウス様はこういう環境でお育ちになったので、特におかしいとは思われないのですね」

「――ええ、まあ」

（あら？　今、少し間が空いたような……）

「クラウディア様は、王朝の歴史や貴族の系譜などのお勉強はどの程度されたのですか？」

アントンは港の方へ視線を移して、急に話題を変えた。

「それがその。ほとんどしておりません。お恥ずかしい限りです。学園に入学する前に集中して勉強することになっていたのですが、結局その機会のないままでして」

「ああ、そうでしたか。変なことをお聞きしてすみません。ささ。このままここを通り抜けると絶景が待っていますよ」

アントンの言う通りだった。建物を通り抜けると、突然、視界が開けた。

目の前には、ただただ青一色の世界が広がっていた。

緑一色の草原の何倍もありそうな、どこまでも続いている青色。

陸地の端――岸壁には、大小の船が並んでいる。

中には、本の挿絵でしか見たことのなかった大きな商船も係留されていた。

クラウディアとアントンの姿を見つけて、ユリウスが声をかけてきた。

「やっと来たのか。何をしていたんだ。それよりどうだ？　大きいだろう？　この青いのが海だ」

ユリウスはそれだけ言って、遥《はる》か彼方を眺めている。

クラウディアは、ユリウスのとても穏やかな表情にも驚いたが、それにも増して、どこまでも広がる青い世界に魅了された。

「これが、海……」

建物の中に充満していた生臭さは消え、目の前の青色にとても似合う香りがクラウディアを包んでいた。

港に立つユリウスは、その美貌と鍛えられた長身の体軀《たいく》が放つオーラで、皆の視線を集めていた。

大勢が見つめる中、一人の中年男性が、「ユリウス様」と親しげに声をかけた。

「ああ。ニクラスか。久しぶりだな」

「今日はなんです？　水揚げは見込み通りだし、特に問題はないはずですがね」

「ん？　ああ、そんなんじゃない。海を見たことのない人間がいたので連れて来ただけだ」

今度は、その場にいた全員がクラウディアに視線を移した。

「客人ですかい？」

「客人？　まあ、そんなところだ」

（え？　そんな。それでは勘違いされてしまうわ）

クラウディアが否定しようと口を開きかけたのを察したアントンが、先に軽く訂正した。

「まあまあ。客というのは大袈裟《おおげさ》ですが。屋敷で働いていただくことになったので、港のことも知っておいてほしいと思いお連れしたのです」

「へえ」

ニクラスはクラウディアを興味深そうに見た。

「そりゃあグラーツ領で生活するなら、ここに慣れてもらわないといけませんからね。まあ、いやでも慣れますけど」

目をパチパチさせているだけのクラウディアに、ニクラスが、「がはは」と笑った。

「あっしは、ここの元締めのニクラスです。お好きに呼んでもらって結構ですぜ」

「あ。私はクラウディアと申します。よろしくお願いします。ニクラスさん」

「クラウディア？　なんか聞いたことがあるような……」

はて？　と顎をさすりながら考え込んだニクラスに、ユリウスがピシャリと言った。

「何を聞いたか知らんが、大事な働き手だ。そのつもりでよろしく頼む」

「ま。ユリウス様がそうおっしゃるなら何も言うこたあねえさ。港に来た時は面倒を見させてもらいますぜ」

「任してくれ」と、腕組みをしながら頷くニクラスに、一人の女性が駆け寄った。

「ちょっとアンタ！　何をニヤついてんのさ！　あれ？　ユリウス様」

ユリウスに気づいた女性は、その隣にいるクラウディアをじいっと見た。

「アタシはスザンナ。こいつの女房さ。ガサツな男どもが失礼なことをしなかったかい？　ここじゃ若い娘は珍しいからね。なんかあったらアタシに言いな。尻《ケツ》を思いっきり蹴り上げてやるからね」

「け、け――」

あまりの威勢のよさにクラウディアは驚いたが、スザンナは構うことなく彼女の手を引いて、先ほどの建物の中へと連れて行った。

スザンナはいくつか樽《たる》を見て回り、目当てのものを見つけると、中からぴちゃぴちゃ跳ねている魚を摑《つか》んで出した。

「こいつをさばいてやんな」

「へえ」

スザンナに指示された男性が、まな板の上で調理する。

皿の上に、薄く削《そ》ぎ切りにされた白い身が並べられていく。

(何かしら。包丁で切っただけで火を使っていないのに。これを食べろと?)

スザンナは黄色い果物を半分に切って、皿の上の身にしぼりかけた。

途端にレモンの爽やかな香りが放たれた。

「ほら、食ってみな」

クラウディアが戸惑っていると、「ああそうか」と、フォークを添えてくれた。

クラウディアは皿からスザンナに視線を移すと、周囲の人たちの注目を浴びていることに気がついた。

(どうしよう。でも多分、ここにいる方たちが普通に食べているものなのよね。私もここで働いている人たちの仲間なんだから、勇気を出さなきゃ)

クラウディアは、馴染みのあるレモンの香りだけを頼りに、皿の上の薄いものを恐る恐る口に運んだ。

（え？　何これ！）

舌に載せるとレモンの風味が広がっただけで、特段、変な味はしなかった。生臭さも感じない。

噛《か》むと身が押し返してきた。

見た目の薄さからは想像もできない弾力があった。

歯応えがあるのに柔らかい。記憶にない味。どう表現していいかわからなかったけれど、一つだけ言えることは――。

「美味しい。食べたことのない味なんですけど、とっても美味しいです」

「あっはっは。そうだろ？　あっはっはっ」

その場が笑い声で溢れた。

クラウディアがおっかなびっくり食べる様子がおかしかったのか、みんな笑っていた。

そこからは、入れ替わり立ち替わり、これも食べてみろ、こっちも美味しいぞと、次々にクラウディアの前に皿が並べられた。

クラウディアは並べられるまま食べていたが、さすがにお腹《なか》がいっぱいになってしまった。

いつからそこにいたのか、アントンがパンパンと手を鳴らした。

「もう、その辺で勘弁してあげたらどうです？　これ以上は拷問ですよ」

「ええ！　まだまだだろ。もっと美味い魚があるのにさ」

ニクラスも、その辺にしておけと視線を配った。

ユリウスが最後に締めた。

「何も今日で食べ納めというわけでもないんだ。また食べにくればいい」

「また来てもいいのですか？」

「別に。構わないが」

「では、また来ます」

なぜか周りから歓声が上がった。

「おうよっ。歓迎するぜっ」

「毎日でもいいぜ」

その後はスザンナに、魚を塩漬けにする作業などを見学させてもらい、あっという間に時間が過ぎていった。

スザンナによれば、港で働いている者たちは夫婦者が多いらしい。夫が漁にでて、妻が塩漬けを手伝う。

クラウディアは、港で働く男性たちがスカーフを愛用していることに気づいた。

木綿のスカーフを頭に巻いたり首に巻いたりしている。よく見れば、どのスカーフも布の端に刺繡《ししゅう》がしてあった。

「皆さん刺繡入りのスカーフをされていますけど」

「ああ。あれかい。あの刺繡の模様は、家ごとに代々伝わっているものなんだ。領家の紋章みたいなものさ。ほら、こいつのは動物だろ。そいつみたいに花の模様もあるし。ま、いろいろさ」

クラウディアの脳裏に不意に亡くなった父親の声が蘇った。

――紋章には意味があるのだ。そこには歴史が詰まっている。

インスブルック家の紋章には、本を小脇に抱えた騎士が入っている。

（そういえばアントンさんにも言われたけれど。私、グラーツ家の紋章を知らないわ。歴史どころか、何も知らないわ）

グラーツ領の紋章と、そこに込められた意味を知らなくては――。ここで生きていくのだから。

思いの外夢中になって過ごしたクラウディアは、帰りの馬車に乗る時に自分の足元を見て驚いた。

靴はもちろん、ドレスの裾までびちゃびちゃに濡《ぬ》れていたのだ。

ユリウスとアントンはブーツを履いているので、少々の水は問題ないだろうが、ドレスはすでにたっぷりと水を含んでいる。

（どうしよう。私が領主様の馬車を汚してしまうなんて許されないわ。歩いて帰ろうかしら）

「どうした？　早く乗れ」

ユリウスに命じられ、クラウディアはすまなさそうに乗り込むと、彼の向かいに座った。

少しの身じろぎでも雫《しずく》が散ってしまいそうで、クラウディアは硬直した。

（せっかく頂いたドレスをこんな風に汚さないよう、ここへ来る時にはお仕着せを着て来なきゃだめね）

クラウディアは屋敷に戻ると、ネリーに使用人のお仕着せのお古をもらった。

「別にお古でなくてもいいでしょうに。もう一着やそこら、すぐに用意させますよ」

「いえ。それは勿体《もったい》ないです。汚れるとわかっているので、私が着られる物でしたらなんでもいいんです」

お仕着せはドレスと違って、使用人ごとにサイズを測って仕立てたりしない。ここでは三種類のサイズがあり、クラウディアは誰かが着古した一番小さなお仕着せをもらった。

ネリーが目を光らせているので、もちろん古くてもきちんと手入れをされて清潔に保たれている。

（よかった。これなら平気だわ）

誰かが着古したお仕着せを手に取って、嬉しそうにしているクラウディアを、ネリーが温かい眼差《まなざ》しで見ていた。

「それと、もしお許しいただけるのなら、もう一つお願いがあるのですが……」

夕食後、クラウディアの部屋にアントンが訪れた。

「どうなさいました？　何かあったのですか？」

「いえいえ。早くお渡ししたくて来てしまっただけです」

そう言ってアントンが差し出したものを見て、クラウディアは驚いた。

「え？　どうして？」

「ネリーに相談されたではありませんか」

「つい先ほどのことなのに」

ユリウスの執事兼秘書というアントンの有能さを見た気がした。

「それでクラウディア様。何に使われるんです？」

「ああ。その。……で。……を」

「ふむふむ」

「……したいなと」

「なるほど。では私にお任せを。明日までに揃えておきましょう」

「よろしいんですか？　私のわがままなのに」

「いえいえ。ユリウス様のためですからね。ちなみにお色は決められていますか？」

「ユリウス様の瞳の色と同じ青がいいかなと思ったんですけど」

「そうですね。では青色のものを探しておきます」

「ありがとうございます」

アントンは去り際に、ああ思い出したという顔で、一言だけ添えた。

「あまり夢中になりすぎないでくださいね。ご自分の健康にだけは注意してください」

＊＊＊

翌日からクラウディアは港へ通うことを許可された。そして仕事も変更された。

午前中は港の作業把握、午後は執務室でユリウスの補佐――主に帳簿の確認を行うことになったのだ。

港から戻り昼食をとると、ドレスに着替えてユリウスの執務室へ行く。

(でも本当にいいのかしら。最初にちゃんと聞いておかなければ……)

クラウディアはユリウスの執務室に入ると、昨日のお礼を述べてから気がかりな点を尋ねた。

「本当に私が帳簿を見ても構わないのでしょうか？　帳簿というのは普通、領主一族や家令以外は見ることを許されない機密事項だと思うのですが」

「ほう。その通りだ。よくわかっているな」

「父からそのように教わっております。数字を追いかければ領地経営の全てがわかると」

「さすがだな。交易事業を任されていただけのことはある。まあ、そなたに知られたところでどうなるものではないから全く構わん。そういえば、インスブルック家の帳簿は今どうなっているのだ？」

「……さあ。わかりません。でも心配です」

本心だった。この二年間はそんなことすら忘れていた。ただただ毎日を生きるのが精一杯で。

「まず、そなたがどの程度、帳簿を読み解くことができるのか知りたい。まずはそこからだ。過去三年分ある。我が領地の特産品に関する数字を追いかけてみろ」

「はい」

帳簿を見ただけで、グラーツ領が素晴らしい領地であることがわかった。

農業と漁業の二本柱は言うに及ばず、林業やその他加工品の事業も、毎年、着実に収益が微増している。

もちろん、事業拡大や、災害対策などのために必要な経費もかけている。

見事としか言えなかった。領地経営のお手本のようだった。

（ああ。お父様と一緒にグラーツ領の帳簿談義をしたかったわ）

クラウディア父娘《おやこ》は、帳簿を開いては、この年にこれだけの投資をした分が二年後に実を結び、これだけの利益をもたらしたなどと、よく話をしたものだった。

帳簿の数字は機密事項なので、さすがに執務室から持ち出す許可などもらえない。夜を徹して部屋で読めたらいいのにと、クラウディアは残念に思った。

結局、与えられた帳簿を隅々まで読むのに五日かかった。


クラウディアから全て目を通したと報告があったので、ユリウスは早速所見を求めた。

「それでは聞かせてもらおうか」

「はい」

クラウディアは分析した結果——特に事業ごとの顕著な変化を、支出明細に記されていた内容を基に実施された施策を類推しながら指摘した。

「……そなた。何も見ずに喋っているが」

「はい。書き写す許可をいただいていなかったので、記憶した内容を――」

「待て待て。記憶しただと？　これだけの数字を全部覚えたというのか？」

「はい。一度見れば覚えられます。子供の頃から暗記だけは得意でした」

「得意？　いや、何を言っているのだ。そんなレベルではないだろう」

「……？」

ユリウスは驚愕《きょうがく》して、思わずアントンを見た。

「うーん。映像記憶というやつかもしれませんね。ごく稀《まれ》に、そういう人物がいると聞いたことがあります。当の本人に自覚がないとは……いやあ……でも間近で見ると、ちょっと怖いですね。人間離れしているというか。これだけの量を……」

ユリウスとアントンは、クラウディアの特殊能力に感嘆したが、それだけでなく数字に強いことがわかった。ユリウスは本格的に帳簿の作成を任せてみたいと思ったが、すぐには口に出せなかった。

午後のこの部屋での仕事を彼女がどう思っているのか、当の本人の気持ちを確かめることなく強要するような真似《まね》はしたくなかったのだ。

港での作業なら一通り見終わった頃合いだ。それなのにいまだに通っているということは、ユリウスと一日中顔を突き合わせて一緒に仕事をするのはご免だということもありえる。

「クラウディア。そなた、午前中はまだ港に通っているのか？」

サボっていると疑われたのだと解釈したらしいクラウディアは、目を見開いて、どう申し開きをしたらよいのだろうかと答えに窮している。

そんな彼女の様子を見たユリウスがため息をつく前に、すかさずアントンが答えた。

「当たり前じゃないですか。クラウディア様も心外ですよね。スザンナからちゃんと報告が上がっていますよ？　みんなと仲良くやっているそうですね。漁師たちとも今ではすっかり顔馴染みだとか」

「ふん」

（私に対しては打ち解ける気配すらないというのにか）

少し不機嫌になったユリウスに、アントンが追い打ちをかける。

「クラウディア様は随分と面白い質問をされるそうですね。魚の〝新鮮なうち〟とは、どれくらいの時間なのか、とか。とれたての魚を王都へ運ぶには貴重な氷が必要だが、そんなことをしたら十倍の値段で売らないと元が取れないだとか。商売人が買い付けに来たみたいだと言われているそうですよ」

港町で生まれ育った娘でも、「匂いがつくのが嫌だ」と、漁業に携わるのを敬遠することは珍しくない。

そんな中、王都で生まれ育った貴族令嬢が足元が濡れるのも気にせず、ビチャビチャと海水をこぼしながら魚の入った樽を運ぶ漁師を追いかけるのだから、漁港で働く人々にクラウディアが人気なのは頷ける。

彼女が疑問に思ったことを矢継ぎ早に質問して、日焼けした男たちの回答に薄桃色の瞳を輝かせている姿は、ユリウスにも容易に想像できた。

「あの――。もしかして私、皆さんのお邪魔をしていたのでしょうか？」

「あっはっはっ。そんな顔をなさらないでください。みんなクラウディア様から質問されるのが楽しいって言っているんですよ。おっと。ここにも一人楽しいと思っている方が――」

ユリウスはアントンの悪ふざけを苦々しく思いながらも、頬を紅潮させてしまった。

慌てて話題を変える。

「そなた。港へ行く際はみすぼらしい格好をしていると聞いたが。誰かに何か言われたのか？」

インスブルック家と違って、「罪人の分際で！」などとクラウディアを叱責するような人間は、このグラーツ領にはいないはずだ。

「いいえ。違います。私が頼んでそうさせてもらっているのです。ユリウス様から頂いたドレスを塩水で汚すわけにはいきませんから。港に行く時だけですし」

「そ、そうか。やはりそなたも女性だな。綺麗なドレスは大事なんだな」

アントンが、「おっほん！」とわざとらしく咳払いをする。

「はて？　ユリウス様が買ってさしあげたからでしょう」

「……は？」

「……え？　ユリウス様から頂いたものを汚したくないということですよ。ユリウス様への精一杯の感謝ですよ」

「私への……？」

「クラウディア様。そうですよね？」

話の方向がよくわからないまま、クラウディアは頷く。

「は？　はい。そうです。大切です」

「大切？」

ユリウスは珍しく素《す》っ頓狂《とんきょう》な声を出した。

もう一度、クラウディアが言う。

「はい、大切です」

「私が大切なのか？」

アントンは笑いを必死に堪えて顔を背けた。

「……？　ユリウス様が？　ええと。はい。もちろんです。他の皆さんにもお尋ねになってください。きっと皆さん間違いなくユリウス様のことを大切だとおっしゃるはずです。絶対です」

「……な！　よい。もうよい。大切ならばそれでよい。明日からも気をつけて行け。今日はもう下がれ」

「はい。……あ。あと、これを。ささやかですがドレスのお礼です。どうぞ」

クラウディアは、後ろ手に隠していた物をユリウスに手渡した。

「スザンナさんに聞いたのです。グラーツ領の男性は、皆さん、家の紋章を刺繍した布を身につけていらっしゃると。それでグラーツ領の紋章を刺繍してみたのです」

ユリウスの手の上のスカーフは、青地に金色の天秤《てんびん》が光っていた。青い海と空を背景に、不正を許さず正義の鉄槌《てっつい》を下す裁きの天秤。

「いったい、いつの間に……。よくできている。そなた。手先が器用なのだな」

「ありがとうございます」

アントンがじとりとした視線をクラウディアに投げて問いただした。

「まさかもう作ってしまわれたとは……。私が紋章の図と刺繡材料をお渡ししたのは、ついこの前ですよ？　まさか睡眠時間を削って夜な夜な作業をされたりしていないですよね？」

「いっ、いえっ。大丈夫です。空いた時間に少しずつ刺しただけですから」

明らかに動揺しているクラウディアを見て、そうまでして作ってくれたことが嬉しくて、普段ならばそのままアントンに渡して仕舞わせるところを、ユリウスはスカーフを首に巻いて、「似合うか？」と尋ねた。

クラウディアはぽっと頬を赤らめると、小さく、「はい」と答えた。

第四章　トラウマの再燃

クラウディアがグラーツ領に来てから、はや一月が経《た》った。

午前中は、港でニクラスやスザンナに教えてもらいながら塩漬けの加工を手伝ったり、午後は、ユリウスからグラーツ領の経営について意見を求められたり、という楽しい日々がクラウディアの日常になっていた。

その日の明け方は珍しく、地上に立ちこめた憂いを洗い流すように強い雨がザーッと降った。

クラウディアがいつもの古着に着替えて屋敷を出ると、雨は上がっていたが地面が濡《ぬ》れていた。

（まあ、どのみち濡れて汚れるんだけど）


クラウディアが港で、その日初めて見た魚の名前を漁師たちに教わっている時だった。スザンナが血相を変えて建物から飛び出てきた。

「今、アントンの旦那からの使いでヨハンが来たんだけどさ。なんでも王宮から視察にやって来た奴《やつ》がいて、こっちに向かっているらしいんだよ」

それを聞いた者たちは、それぞれの手を止めて口々に文句を言い始めた。

「はあ？　勘弁してくれよ。なんだよ視察って。そんなもん、今まで来たことないのにさー」

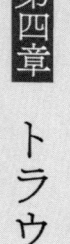

「本当だよ。王都の奴らなんて、ここを最果ての地とか言って、今まで寄りつきもしなかったのに。なんで今になって……あ」

「私——のせいですよね」

（そうよ。そうに決まっているわ。私がちゃんと罰を受けているか確認しに来たんだわ）

スザンナが大声で一喝した。

「うるっさい！　そんなことはどうだっていいんだよ。それよりアンタ。急いで屋敷に戻れってさ。ユリウス様の命令だよ。王宮がどうのこうのなんて、あたしゃ知ったこっちゃないんだよ。ほらっ。急ぎな」

「あ、あの。でも。私がいないんじゃ——皆さんが」

「お黙りっ。アンタはユリウス様の言うことだけ聞いときゃいいんだよ」

スザンナがクラウディアの両肩をガシッと摑《つか》んで言い聞かせた。

それから問答無用とばかりに手を引っ張って、建物を突っ切るように足早で歩いていった。

通りが見えるところまで来ると、ニクラスの姿が見えた。

遠くの方を見ていた彼は、スザンナとクラウディアに気がつくと、頭の上で大きく両腕を交差して合図した。

「ちっ。なんだよ」

スザンナにはその意味がわかったようだが、クラウディアには何のことだかわからない。

通りに近づくにつれて、普段とは違う喧騒《けんそう》が聞こえてきた。

ニクラスを取り囲むように立っている者たちは、皆、助けを求めるようにも懇願しているようにも見える。

普段、威勢がいいだけに、怯《おび》えたような表情の彼らを見て、クラウディアは胸騒ぎを覚えた。そんな彼女の顔をスザンナが両手で挟んで、自分の方に向かせると顔を近づけた。

「いいかい。よく聞くんだよ。ここにいる奴らは全員、家族も同然なんだ。アタシら夫婦はここの者を守るって決めているんだ。こいつらだってそうさ。互いに助け合って生きているんだからね。……もう！　アンタもその中の一人だって言ってんだよ。そんな顔をするんじゃないよ」

「……スザンナさん。私、私――」

「ふっ。まあ、なるようになるさ。役人なんざ、どうせ言われてることをやるだけだからね」

スザンナもニクラスに並んで視察官の到着を待った。二人の陰に隠れるようにクラウディアは背後にまわり、一人、息をひそめていた。

「どけっ！　おい、そこ！　道を空けろ！」

人を押しのけて先導しているのは、馬に跨《また》がった王宮の近衛兵たちだった。クラウディアがいかめしい姿の彼らを見るのは裁判の時以来だ。途端に体が萎縮してしまう。

近衛兵の後ろには、視察官が乗っていると思《おぼ》しき馬車が続いていた。

（嘘《うそ》――でしょう？）

見覚えのある馬車だった。近づくにつれ、いよいよはっきりと見える。

扉の紋章を見るまでもなかった。インスブルック家の馬車だ。

（どうしてうちの馬車に乗っているの？）

クラウディアの疑問の答えはすぐにわかった。

馬車が止まると、扉の前に二段の小さな踏み台が用意された。扉が開き、細い足が踏み台に乗る。

「もう、何なのよ！　この腐ったような匂いはっ！」

不満を吐き捨てながら姿を現したのはメラニーだった。

メラニーは、馬車の扉の前に置かれた踏み台の、最後の一段から地面へ足をつけることを躊躇《ちゅうちょ》して喚《わめ》き散らしている。

「嫌だわ。いつ雨が降ったの？　濡れているじゃない。おろしたての靴が汚れてしまうわ。田舎者って本当に気が利かないのね。責任者を連れて来なさい」

なぜ近衛兵がメラニーに従っているのか。視察官はどこにいるのか。

メラニーに言われるがまま、近衛兵が大きな声で呼びかける。

「ここの責任者は名乗り出よ」

「ふん」と鼻を鳴らしてニクラスが一歩前に進み出た。

「あっしですが？」

「こちらに来い」

ニクラスはニヤリと笑うと言い放った。

「なんでオレがそんな嬢ちゃんのところに行かなきゃなんねえんだ。視察に来た役人じゃねえなら用がねえ。とっととお家に帰んな」

どっと周囲から笑い声が溢《あふ》れる。「そうだそうだ」とヤジまで飛んだ。

近衛兵も黙ってはいない。剣に手をかけて威嚇する。

「このお方はフランツ殿下の命を受けて視察にいらっしゃったのだ。歯向かう者は反逆罪に処す！」

「ちっ」

近衛兵とニクラスのやり取りなどまるで興味のないメラニーは、目についた者に指示をした。

「そこのあなた。どうして地面を濡れたままにしているの。早く拭きなさい。それからカーペットでも敷いてちょうだい。私が降りられないでしょ」

ニクラスは近衛兵の脅しに屈することなく言い返した。

「降りたきゃ勝手に降りろ。嫌なら馬車に乗って帰んな！　このわがまま娘が！」

やっと自分に対する侮辱だとわかったメラニーは、声を張り上げた。

「なんですって！　だれに向かって口をきいているの！　私が殿下に報告すれば、ここの領主もただでは済まないわよ！」

「ちっくしょう」

ユリウスが処分されるとなると話は別らしく、ニクラスは不承不承、要求を呑《の》んだ。

「そこの板を並べてやれ」

「板ですって！　そんなものの上を歩けるわけがないでしょう！」

「他にねえんだよ。よく見てみな。カーペットが欲しけりゃ買ってくるんだな」

「んまあ。なんですって！」

だが、見渡す限り何もないのは確かだった。近衛兵がメラニーに耳打ちをすると、「ふん。まあいいわ」と、板で我慢することを了承した。

並べられた板の上に降り立ったメラニーは、群衆の中にクラウディアを見つけ、目を丸くして声を上げた。

「あら嫌だ！　まあっ！　お義姉様！　……いけない。今はただのクラウディアだったわね」

クラウディアは、メラニーに指示された近衛兵に、馬車の近くまで連れて行かれた。

「よーく顔を見せてよ。まあ！　ちょっと！　嫌だ。なあに？　その格好は！　あーはっはっ。嘘でしょう。それってドレスなの？　雑巾でも縫い合わせて作ったのかしら？　ああ臭いわ。この腐ったような匂いは、あなたから匂うのね」

「なんだとっ？　黙って聞いてりゃ――」

気色ばむニクラスを振り返って、クラウディアは静かに言った。

「いいんです。どうか落ち着いてください。ユリウス様のために」

ニクラスは「うう」ともがいていたが、スザンナが肩をポンポンと叩《たた》くと力が抜けたように大人《おとな》しくなった。

メラニーは、ひとしきり声をたてて笑うと、皮肉っぽい目つきになった。

「ここの領主もよーくわかっているみたいね。ちゃんと罰を与えられているようで安心したわ。まあ、こうなることはわかっていたことだけど。あなたもそうでしょ。幸せになることなんかないんですものね！　あっはっはっ。惨めね。でもものすごく似合っているわよ。それがあなたの真の姿なんじゃない？」

「私は――」

「何よ。言いたいことがあるのなら言いなさいよ。あなたのせいで私たち、まだパーティーを自粛しているんだから！　せっかく仕立てたドレスをお披露目できないなんて。三カ月よ！　三カ月も遊べないなんて！」

「ご、ごめんなさい」

「はあ？　『ごめんなさい』？　貴族に向かってなんていう口のきき方を！　あなたはもう平民なのよ！　身の程をわきまえなさい！」

「も、申し訳……」

クラウディアが謝ろうとした時だった。

ピチャピチャと水が垂れるような音が聞こえて振り返ると、スザンナが魚の入った桶《おけ》を持っていた。

「貴族様。視察にいらしたんですよね？　では、どうぞ。好きなだけ見ていってください。ほうら。これがグラーツ領の主要な商品です」

そう言うと、スザンナは桶の魚をメラニーの足元にぶちまけた。

「ぎゃあーっ!!」

慌てて足をどかしたせいでメラニーはよろめいた。そして、おそらく本人の意思とは反対に、魚

がピチピチと跳ね回っている地面に倒れてしまった。

「いやあーっ!!　きゃあーっ!!」

近衛兵に抱き起こされたメラニーの顔は、青くなったかと思うと、すぐに真っ赤に変わった。侍女が顔や手をハンカチで拭うがメラニーの興奮はおさまらない。

「よくも……。よくもこの私にこんな真似《まね》を！　許さない！　絶対に許さないわよ。どうせ全部クラウディアの差し金でしょ。そんな女の言うことを聞くなんて、馬鹿《ばか》な田舎者たちね！　見てらっしゃい。後悔させてやるから！」

「よく聞こえませんが、もっと見たいとおっしゃってます？」

わざとらしいスザンナに応えるように、「へい！」と、大男たちが二人がかりで樽《たる》を持ってきて、勢いよく馬車の方へ向かってひっくり返した。

二つ目の桶からばら撒《ま》かれたのは、にゅるにゅると足をくねらすタコだった。

「ひゃあーっ!!」

メラニーは恐怖のあまり淑女の嗜《たしな》みを忘れたようで、ドレスの裾を持ち上げると馬車に駆け込んだ。

来た時とは反対に、ものすごいスピードで駆け出す馬車を、近衛兵が慌てて追いかけて行く。

「おととい来やがれ！」

「二度と来んな！」

馬車が見えなくなっても、「あれが本物の白豚か」と、あちらこちらから非難がしばらく止まらなかった。

罵声が飛び交う中、クラウディアはスザンナに腕を掴まれて隅の方に連れて行かれた。

「アンタ。あのまま謝るつもりだったろ。あそこまで言われて腹が立たないのかい？　どうかしてるよ。アタシはめちゃくちゃ腹が立ったよ。なんで言い返さないんだ？」

(なんで？　だって私は――)

「本当のことなんです。私は――幸せにはなれないんです」

「はーん？　なんだそれ？　しっかりしろよ。ったく。もう。とりあえず今日はもう帰って休みな」


ユリウスとアントンは、執務室でヨハンが港で見てきた一部始終を聞いていた。

「そうですか。かちあってしまったんですね。こちらでもっとお引き留めすべきでした……。取り継ぐことなく門前払いをしたのは失敗でした。『領主は港から帰って具合が悪い。伝染病ならまずいので誰にも会わないように閉じこもっている』――などという見え透いた嘘だったのですが。あらぬ疑いをかけられないように、念のため、外国籍の船の二週間の隔離は厳守していると申し添えましたが。ちゃんと伝わったかどうか……。ユリウス様がもう少し令嬢の扱いがお上手ならば……ああ、いいえ。独り言です」

睨《にら》みつけるユリウスにわざとらしく嫌味《いやみ》を言うアントンだが、クラウディアのことを思って心を痛めているユリウスの心中を察したかのように代弁した。

「それにしても。あの妹君は……。フランツ殿下に視察という名目まで与えてもらって、わざわざこんなところまで義理の姉の落ちぶれた姿を笑いに来るとは。というより、殿下は大丈夫ですかね。公務とは無関係の令嬢に視察を申し付けるとは……はあ。それにしても、わざわざクラウディア様の居場所を使用人に聞いてまで馬車で向かわれるなんて、もうただの執念ですね。私も急いでヨハンを使いにやったのですが間に合いませんでした。どうやら元気な虫を入れる前に、重たい蓋《ふた》を二重にされてしまったみたいですね」

ユリウスは、ハッと気づいた。

「元気な虫か。元気づけてやればいいんだったな。そうすれば元気になるんだったな。アントン。クラウディアを呼んできてくれ」

「ええ？　今はおやめになった方が……。クラウディア様は、気持ちの整理をつけるのに人一倍、時間を要する方だと思うので……」

アントンが渋るので、ユリウスはヨハンにクラウディアを呼びにいかせた。

「ユリウス様。珍しく感情的におなりですよ。それよりも……蓋です。二年間かぶせられていた蓋を思い出させられたんですよ。わかりますか？　ユリウス様」

「……」

トントントンとドアがノックされ、弱々しい声が聞こえた。

「お呼びでしょうか」

「入れ」

部屋に入ったクラウディアは生気がなく、うつむいている。

ユリウスは、時間が遡《さかのぼ》った感覚に襲われた。まるで、初めてこの部屋に入ってきた時の彼女を前にしているようだ。

「いいか！　人は皆、幸せになるために生まれてくるのだ。幸せになるには、まず、幸せになりたいと願わなければならないのだ。そなたは頭は良いが、こういう肝心なことを知らなすぎる！　わかるか？」

「……」

ユリウスのあまりの剣幕《けんまく》に、クラウディアが体を震わせた。

その様子を見て、ユリウスも我に返った。

「い、いきなり、す、すまない」

「い、いえ」

ユリウスは、感情的にならないよう、気持ちを押しとどめながら話した。

「港でのことは聞いた。そなたの義理の妹は、メラニーとかいったか。ただの令嬢の遠出に視察なとどいう名目を与えて、あのように近衛兵まで貸し与えるなど言語道断だ。フランツ殿下には言いたいことが山ほどあるが」

クラウディアからは、ユリウスの言葉を聞いているのかどうか表情が読み取れない。

「義理の妹は、家族として暮らしてきたそなたに随分と無礼な物言いだったそうだな。王都を離れて本性を現したのかもしれぬが、裁判の時とは全く態度が違うではないか。勢揃《せいぞろ》いした領主たちの前で涙ながらに慈悲を請い、殿下からは、『まるで聖女のようだ』と絶賛されたと聞いている。それならば最後まで誤解させるよう聖女の仮面を外すべきではないと思うが、自分の計画を全うする覚悟すらないとみえる。そんなことすら見抜けない殿下は――」

これではフランツ殿下への不満をクラウディアにぶつけているみたいではないか。

なぜクラウディアに向かって、思いの丈をぶつけているのだろう。そんなことを言うために呼んだわけではないのに。

ユリウスは、拳をぎゅうっと握りしめた。

（蓋など打ち破ればよいのだ）

「――それでも。殿下やそなたの義理の妹が何をしようとも、だ。そなたはそんな風にうつむいて、全て言われるがままになっていてはいけないのだ。味方が一人もいなくとも、自分自身だけは、最後まで自分の味方でいなければならない」

クラウディアはすっかり心を閉ざしているように見えた。ユリウスの言葉など聞こえていないのかもしれない。

そう思うと、ユリウスはようやく口を閉じることができた。

「よく――覚えておくように」

クラウディアが退室すると、アントンが温かいお茶を持って来させてユリウスに勧めた。

「ユリウス様はお優しいですね。クラウディア様の代わりに怒って差し上げたんですね。ですが――。

二年というのは、私たちが思っている以上に長かったようです。側《そば》で飛ぶ虫を見ることさえできないほどに。クラウディア様は、まだ勇気を受け取る準備ができていないようですね」

「準備ができていない？　は？　では私の言葉は何一つ伝わっていないのか。あれだけ勇気づけたのに」

「ああ。えーと。でも、めげずに飛び続けて見せるしかありませんよ！」

「……」

「そんな怖い顔でこっちを見ないでくださいよー」

「なんだと！　それにしても、お前……本当に変わったな」

「……は？」

「クラウディア嬢がここに来た当初は、目の敵にしていなかったか？」

「それは随分なおっしゃりようではないですか。まあ少々当たりがきつかったことは否定しませんが」

「お前は王都の貴族と聞けば、それだけで警戒するからな。私が『目を光らせておけ』と言ったのをいいことに、クラウディア嬢にわざとらしく仕事を言い付けて対応する様子を観察していただろう？」

「使用人の人となりを見極めるのも私の仕事ですから」

「ネリーからは、お前が嬉々《きき》としてクラウディア嬢をこき使っていると報告が上がってきていたのだぞ？」

ユリウスはそう言いながらも、使用人たちの助力を得ながら仕事をこなす彼女のことを、アントンが次第に認めていったことを思い出し、笑みをこぼした。

アントンはユリウスにお代わりのお茶を勧め、自分も飲んだ。

「それよりも――。いくら名ばかりとはいえ、フランツ殿下に任命された視察官ですからね。怒らせたのはちょっとまずかったですね」

「わかっている」

「また王宮で勝手な処分が下されないように、こちらで先に処分をすませた方がいいかもしれませんね」

ユリウスが驚いてアントンを凝視した。

「処分だと？　スザンナたちをか？」

「まあ。まあ。落ち着いてください。罰と言っても、いろいろとありますからね。反省文だったり刺繍《ししゅう》だったり」

ユリウスはキョトンとした顔で聞いた。

「刺繍？　あのスザンナが？　刺繍が罰なのか？」

「ぶっ。いいですねそれ。個人的にはそれを見てみたい気がしますが。厳罰が下されたと、あの高慢ちきな妹君が思える内容でなければなりませんから」

「あの妹君が納得するような罰……」

「そうです」

その日のうちに、ユリウスの名でフランツへ正式な報告がなされた。

報告書には、メラニーへの謝罪と共に、スザンナには男性に交じって港での作業を命じたと書かれていた。

そして、原因となったクラウディアも同罪で、スザンナの補佐を命じたとも。

スザンナやクラウディアにとっては何一つ変わらない日常だが、フランツは恐ろしい厳罰を科されたと受け止めたようだった。


五日後。

ユリウスの目の前に置かれた銀色のトレーの上に、丸まった上質な紙が金色の組紐《くみひも》で縛られ鎮座している。

アントンが恭しく持ってきたのは、フランツからの手紙だった。

「読んでみろ」

「よろしいのですか？」

「ああ」

アントンは読み進めるうちに、「むっふっふっ」と笑い出した。

「何か面白いことでも書いてあるのか？」

「これは傑作ですよ。あの、おごりたかぶった妹君は、こちらの報告が届いて三日後にやっとフランツ殿下に報告に上がったそうです。どうせ魚の匂いが染み付いたように感じられて、匂いが取れるまで数日待ったんでしょうね」

「ふん！」

「それからなんと！　またしても殿下の前で涙をこぼされたそうですよ。姉の連座処分は回避してほしいと。いやあ。なんなんですかねー。今回の事件が、不遜極まりない妹君が泣くための理由作りに使われていますね。なんだか悔しいです」

「……お前。よくそんなに次から次へと『妹君』を形容する言葉が出てくるな。よっぽどお前の癇《かん》に障ったんだな」

「そうですか？　そんなつもりはありませんが。でもまあ。そんな風に願い出たということは、クラウディア様が妹君の想像通り、惨めな暮らしをしていると確認できたからなのでしょうね。南の果てくんだりまで見にきた甲斐《かい》があったということで」

「なんだと！」

「いや、私じゃありませんよ。あの妹君がですよ」

アントンは、「こわい。こわい」と言いながら肩をすくめた。

＊＊＊

メラニーは二日かけてグラーツ領から戻った。

途中、貸し切った宿屋でドレスや小物を一新したが、まだ生臭い匂いが消えていない気がして、とても正気ではいられなかった。

不愉快な匂いは、まるでグラーツ領に追いやられたクラウディアの呪いのようで、メラニーを苦しめるためだけに纏《まつ》わり付いているように感じられた。

そう思うと、身に付けていたドレスだけでなく馬車までも燃やしてしまいたくなるメラニーだった。

それなのに侍女は、「洗濯をして元通りにします」などと抜かすありさま。もちろんその場でクビにした。

（本当にバカじゃないの）

……それでも。

ボロを身にまとったクラウディアのうつむいた姿を思い出すと、ムカムカした腹立たしさも消えて自然と笑みがこぼれた。

「メラニー。今日こそはフランツ殿下に報告にあがらないと。せっかく殿下にアピールできる機会なんだから最大限に生かさなくては」

「そうでございますとも。メラニー様の温情も義姉のクラウディア様には伝わらず、長旅の疲れと相まってご心労ですぐにはご報告にあがれないと王宮にはお伝えしておりますが、さすがに二日が限度かと」

インスブルック家の応接室で、まるで我《わ》が家のようにくつろいでいる中年の男性がゾフィーに頷《うなず》きながら言う。

ベッタリと髪をなでつけて学者のような丸メガネをかけている男は、リンツ商会の代表のヒューゴーだ。

宝石を散りばめた豪華な服を着てはいるが、貧弱な体と青白い肌からは気品などこれっぽっちも感じられず、座っている高価なソファーと全くもって釣り合っていない。

「ふふふ。まああの殿下なら、涙の一つでも流せば大丈夫だとは思うけれど。それにしても、クラウディアが一日中、生臭い魚に囲まれてこき使われているっていう話は、何度聞いても愉快だわ。港で働くだなんて、平民でも嫌がる仕事じゃないの。グラーツ領の領主は冷酷で、とりわけ不正をした者には厳しいという噂《うわさ》だったけど。さすがだわ」

「でも、その領主には会えなかったの。殿下がおっしゃったことを直接言っておこうと思ったのに」

「その必要はなかったじゃない。もしかしたら女性には厳しくできない方かもって心配したけれど、杞憂《きゆう》だったみたいだしね」

「さすがにあそこまで惨めったらしいと、可哀想《かわいそう》になってくるほどよ」

「言ったでしょう。あの子は幸せになれないって」

「ええ。お母様」

メラニーはゾフィーと見つめあうだけで、互いがこの家に初めて来た日のことを思い出していることがわかった。

『紹介するよ。娘のクラウディアだ。クラウディア。ゾフィーとメラニーだ。今日から新しい家族になるんだよ』

『初めまして。よろしくね』と言ったクラウディアは、メラニーの着ていたドレスの三倍は布地を使っているような豪華なドレスを着ていた。

メラニーの、ぺたんと体に巻き付くようなドレスと違って、ふわりとパラソルを広げたような可愛《かわい》らしいドレスだった。

メラニーがまだ上手にできないカーテシーを、クラウディアは優雅に決めて艶々の薄紫の髪を揺らしていた。

後に母親と二人きりになった時、メラニーは疑問をそのまま口にした。

『お母様。私も来年にはお義姉様みたいに綺麗《きれい》なカーテシーができるようになる？』

一歳しか違わない義姉に、その歳の差の一年で追いつけるのだろうか？

メラニーはただ、「大丈夫」と言ってほしかっただけなのだが、なぜか母親を激怒させてしまった。

『まあっ！　あの娘ができているのは、生まれた時からたっぷりとお金を使っているからなのよ？私たちにお金さえあったら、お前の方が上手にできていたわよ』

『もしかして、お義姉様が難しい本を読めるのも、小さい頃からお金があったからなの？』

『そうよ。あの娘が持っている物も、身につけている作法も何もかも、ぜーんぶお金で買った物なのよ』

『そうだったんだ……なあんだ。でも……そんなのズルいわ』

『安心しなさい、メラニー。あの娘が手に入れた物は、全部あなたも手に入れることができるわ。これからは私たちも贅沢《ぜいたく》な暮らしができるのだから！』

その夢が実現するまでには、倹約家のモーリッツが亡くなるまでの辛抱が必要となるのだが。

「それでは、クラウディア様とは改まってお話はなさらなかったのですね？」

ヒューゴーの責めるような問いかけで、メラニーは現実に引き戻された。

「話？　話すことなんて何もないじゃない」

商人ごときが意見でもするつもりなのだろうか。メラニーはヒューゴーを睨みつけてやった。

「確かにそうですが。ただ、これまでは、クラウディア様を監視することができましたが、我々の手元から離れてしまいましたので。遠く離れた地で、あることないことを周囲に漏らして、おかしな噂が立つようなことがあってはいけませんからね。そういう兆候がないかだけでも――」

「まあ！　あっはっはっ。それこそ馬鹿馬鹿しいわ。あの子が何を言ったって、周りの人間が耳を貸すはずがないわ」

「そうよ！　お母様の言うとおりよ」

ゾフィーがヒューゴーに向かって、「ないない」というように手を振って否定する。

「あなたは心配し過ぎなのよ。あの子がいくら交易事業について教えられていたとはいっても、ほんの子どもだったのよ」

そういえば、義父のモーリッツは、クラウディアのことを、いつも「特別な子」と言って、社交界のデビュー準備そっちのけで交易事業について学ばせていた。

「娘に事業を引き継がせようなんて哀れな話でしょう。平凡な容姿のクラウディアじゃあ良縁を望むべくもないもの。事業を覚えさせて、適当な家の次男でも婿養子にするつもりだったのよ」

「あっはっはっ」と笑うゾフィーを見て、メラニーはやはり自分は何も間違ってはいないのだと、一緒になって笑った。

危機感のない母娘に、ヒューゴーは、「そうですね」と合わせていたが、内心では別のことを考えていた。

(――念には念を入れておかなければ。まあ重労働の現場では、不慮の事故が多いものだしな……)

＊＊＊

メラニーの訪問から五日が経った。

クラウディアは港にも執務室にも行けず、ネリーに頼んで厨房《ちゅうぼう》の仕事を手伝わせてもらっていた。

そして、六日目の夜。

クラウディアは、メラニーの言葉が胸に刺さったまま痛みを拭いきれないでいた。

部屋に一人でいると、メラニーだけでなくゾフィーの姿までありありと蘇《よみがえ》り、二人の声が重なってクラウディアに畳み掛ける。

——お前は幸せになれない。

あの蔑《さげす》んだ目。憎しみのこもった眼差《まなざ》し。クラウディアは、どうしてそこまで嫌われるのかわからないままだった。

気がつけば、クラウディアはいつの間にか泣いていた。

これまでだって散々言われてきたことなのに、どうして今更、涙が出るのか。

(もう自分のことさえ、よくわからないわ)

夜が更けても、とても眠れそうになかった。クラウディアは、思いきって手燭《てしょく》を持って外に出た。

外は黒一色の暗闇の世界だった。

月がすっかり欠けているのだ。星も雲に隠れている。

(今日は新月だったのね)

ガラスのシェードに守られた手元の小さな灯りだけを頼りにクラウディアは歩いた。

いつもは港と屋敷を往復する荷馬車に乗せてもらうのだが、馬車に乗っている時間は思いの外短いので、歩けない距離ではないはずだ。

しばらくすると、今ではすっかり慣れ親しんだ潮の匂いが漂ってきた。港が近いということだ。

暗いとはいえ目が慣れてくると、不思議と闇の濃淡がわかった。記憶にある昼間の風景と相まって、港までの道が照らされて見えるようだった。

人気のない建物を抜けて港までやって来ると、潮の匂いが一際《ひときわ》濃くなった。

夜の港は静かで、昼間の喧騒が嘘のようだ。

海も空も黒いせいで、なんだか恐ろしくすらある。

船着き場に係留されている船がなければ、海との境目がわからなかったかもしれない。

クラウディアは昼間でも行ったことがないのに、急に港の端まで行きたい衝動に駆られた。

何も考えず、ただただその衝動に従って、クラウディアは目を凝らしながら海に落ちないように歩いた。

港をぐるりと回り込んでどんづまりになっている所は絶壁だった。大きな岩が浜辺にせり出している。

暗闇の中、手燭で照らすと、岩肌は磨かれたように冷たく光った。触ると意外にも、つるりとなめらかだった。

誘われるように岩を上り、二十センチほどの段差になっているところに腰をかけると、クラウディアは波の音に耳を傾けた。

見えなくても、岩肌にぶつかって散っていく波の様子は感じられた。

ザブン、ザブンという規則的なリズムと潮の香りに、クラウディアは安らぎを感じた。

何も考えず時間だけが経つのが心地いい。

そう思った瞬間、脳裏にユリウスの声が、その口調と共に蘇った。

『幸せになりたいと願わなければならないんだ』


「幸せになりたいと願うですって……？」

（みんな、私は幸せになんかなれないって言うのに。本当に願ったら幸せになれるの？）

興奮して頬を紅潮させてはいたが、ユリウスの瞳に嘘はなかったと思う。

（はあ。何を馬鹿なことを考えているの）

漁師たちの朝は早い。

日が昇る前――というよりも、その日の夜と次の日の朝の間くらい――に、彼らは海に出るのだ。

そろそろ誰か来るかもしれない。いい加減にしなければ。蠟燭《ろうそく》の残りも少ない。

クラウディアは、屋敷を抜けても行くあてがなく、唯一知っている道を歩いて港に来ただけだった。

「ふっ」

港に何があるわけでもなし、今の自分にできることは仕事だけ。寝不足では、それすら疎《おろそ》かになってしまう。

馬鹿なことをしたと自分を笑って岩から下りた。

屋敷へ帰る道は、港へ向かった時よりも暗闇が深く感じられた。

クラウディアは、眠れず部屋にいた時よりも一層陰鬱《いんうつ》な気持ちになっていた。

翌日、屋敷の中でユリウスの姿を見かけ、クラウディアは駆け寄ろうとして思いとどまった。

（あの日はろくにご挨拶《あいさつ》もしないまま部屋を出ていってしまったんだったわ。ユリウス様を怒らせてしまったことを、ちゃんとお詫《わ》びしていないまま。でも――）

非礼を詫びるべきだという気持ちと、とても声などかけられないという気持ちとがぶつかって、後者が勝った。

（そもそも使用人が、おいそれと主人に向かって話しかけていいはずがない）

さっと隠れたクラウディアにアントンが気づいた。

「みいつけたー」と、かくれんぼの鬼のようにアントンに声をかけられて、クラウディアは焦《あせ》った。

「あ、あの」

「え？」

「もしかして寝不足ですか？」

「お昼寝したい時は私に言ってくださいね。あ、そうだ。何か合図でも決めておきますか？」

「そ、そんな――」

クラウディアは注意されたのだと勘違いしてしまったが、アントンにそのつもりはなかったようで、すぐに真面目な顔に戻った。

「すみません。冗談です。ただ、夜はしっかり眠っていただきたいと言いたかっただけなんです。あ、そうそう。ユリウス様ですが――」

クラウディアの顔が曇ったためか、アントンが苦笑した。

「まだ少し気まずいようでしたら、しばらくは港でスザンナの仕事を見せてもらうといいですよ。私からユリウス様とネリーに伝えておきますから。ねっ？」

「は、はい」

眠りの浅いアントンは、昨夜、屋敷を抜け出したクラウディアに気がついていた。

慰め方のわからないアントンは、予想以上に悩んでいるらしいクラウディアに、時間を与えるくらいしか思いつかなった。

＊＊＊

クラウディアがユリウスの手伝いを休んで十日が経った。

ユリウスの執務室では、不機嫌さを隠すこともなく書類仕事を片付けている彼の横で、アントンはいつも通りユリウスに接していた。

アントンが、「次はこちらです」と、ユリウスがサインしやすいように書類を差し出す度に、チラッと物言いたげに視線をよこすのだが、それがものすごくユリウスの気に障る。

ここでアントンに声をかけたら負けなのだと、ユリウスは必死に自分に言い聞かせて無視を貫き通した。

だが、根比べでアントンに勝てないこともわかっていた。

「わかった！　いい加減、その顔はやめろ。何だ。何が言いたいんだ」

「おや。急になんです？」

「……お前」

ユリウスに早く話せと請われて嬉《うれ》しいくせに、可愛さ余ってか、焦らしてその反応を楽しもうとするのはアントンの悪い癖だ。

彼は堪《こら》えきれず、「ククッ」と笑ってから切り出した。

「いえね。幼い頃から人一倍感情の制御を訓練なさっていたのに、最近はよく興奮されているなーと」

「興奮したのではない。お前が言う元気な虫になってやったのだ」

「そうでしたね。クラウディア様が怯えてしまうほどの元気さでしたがね」

「なんだと？」

「ああ。いえいえ。わかっておりますとも。ユリウス様は、感情をなくしてしまったクラウディア様の代弁をされただけです」

「……ああ。まあ。そうだ」

「あれ？　それだけですか？　本当に？　クラウディア様のことが気に掛かるんでしょう？」

「気に――？　まあ、それは。預かっている以上は、少しはな」

「少し？　少しだけですか？」

ムッとしたユリウスが書類を置いてアントンを睨むと、逆に、「顔に出ていますよ」と、アントンに指摘された。

「顔に出るだと？　何を馬鹿なことを。私が顔に出すわけがない」

「そうですね。先代から『領主は感情を表に出してはならない』と、そう教育されてきましたものね」

「そうだ。領主が感情を表に出すと、皆、領主の顔色を窺《うかが》って話すようになる。この領地の者たちがそうなれば由々しき事態だぞ」

――感情は表に出さない。

その一心で、ユリウスが静かに書類に目を向けた時、執務室のドアがノックされた。

「入りなさい」

アントンが許可を出した。

入って来たのは港に行っているはずのクラウディアだった。

ユリウスが、「なぜ？」と、口を開く前にアントンが説明した。

「ああ。私がお呼びしたのです。そろそろよろしいかと思いまして」

「そろそろいいとはなんだ」

ユリウスに断りもなく勝手なことを、と彼はあえて表情に出して無言で抗議した。

「おやおや。本当に変わられましたねえ」

目を細めるアントンに、クラウディアがすがるように口を開いた。

「あの。お呼びでしょうか」

おどおどと上目遣いに尋ねるクラウディアを、ユリウスは瞬殺した。

「手違いがあったようだ。呼んだ覚えはない」

「は、はい。承知しました。申し訳ございません。それでは失礼します」

(また、「申し訳ございません」が出た)

ユリウスは手元の書類に視線を落としたまま、チクリと胸に刺すような痛みを感じた。

結局、自分の励ましは何の意味もなかったということか。

(いや、何を。私は本当にどうかしているぞ)

「待て。せっかく来たのだ。少し話をしよう」

「は、はい」

クラウディアが身構える。

「そなたがこの屋敷に来て初めて会った時に、私が言ったことを覚えているか?」

「……あ」

ユリウスに問われて、クラウディアは一瞬だけもの言いたげな目を彼に向けたが、すぐに下を向いた。

「判決が不服なら、私から再審の申し立てをすることもできると言ったのだ。それに」

一息入れて興奮を鎮める。

「先日の港での一件をどう思っている? 正直に答えてほしい。どう感じた? 悔しかったか? 惨めだと思ったか?」

「……」

こうなったら、「申し訳ございません」以外の言葉を何か言わせたい。

「そなたの父君は国王陛下の信頼も厚く、領民からも慕われていたと聞くが。今のそなたを見てどう思われるか。後継として教育を受けたのだろう？　そなたに託したものはどうなった？　家名に泥を塗られ、さぞかし無念に思われていることだろう」

クラウディアは、「うっうっ」と堪えるように口元を押さえていたが、とうとう堪えきれず、グスグスと鼻をすすり始めた。

「あ、いや。その。私は、その。あきらめたままでは何も手に入らないと言いたかっただけなのだ。今の境遇を変えるには、戦わなくてはだめなのだと――」

「ううっ」

クラウディアはとうとう声を上げて泣き始めた。

目の前で泣かれてしまったユリウスは、これ以上どう接してよいかわからなくなり、アントンの顔を見遣《みや》った。

顔に思いっきり、「お前が呼んだのだからお前がなんとかしろ」と書いて。

「クラウディア様。どうぞお部屋にお下がりください。今日はこのままお休みにしましょう」

クラウディアが、「申し訳ございません」と言って部屋を出ていくと、アントンが、「後でネリーに様子を見に行かせます」と、ユリウスが愚痴を言う前に締めくくった。

「……まさか泣かせてしまうとは。そんなつもりはなかったのに。私の言い方がキツかったのか？

まあ、確かに今日は少し興奮したかもしれない」

「おや珍しい。やけに素直ではないですか」

「ふん」

ユリウスは、自分が興奮していることを自覚していた。控えようと思いながら、意に反してどんどん言葉が溢れてしまったのだ。我を忘れてしまうほどに。

（励ますつもりが叱責《しっせき》したような感じになってしまった。私は何をやっているんだ）

「……はあ。残念ながら、クラウディア様にはお気持ちが伝わらなかったようですね」

アントンがやれやれと肩をすくめた。

第五章　「汚名をそそぎます」

その日の夜は、いつにも増して寝付けなかった。

クラウディアの足は、自然とあの大きな岩場へと向いていた。

この前の新月と違い、空には三日月が昇っている。それでも月明かりはわずかで、まだまだ心もとない。

港に着いてぐるりと周りこむと、大岩のあたりに小さな灯りが見えた気がした。

（まさか――ね。人がいるはずがないわ。見間違いよ）

そう言い聞かせて歩き、岩場に足をかけた時だった。

「誰だ！」

「きゃっ！」

急に声をかけられたクラウディアは驚きのあまり手燭《てしょく》を落とし、体勢を崩してしまった。

海に落ちる――。

クラウディアは頭が真っ白になった。

その刹那、誰かが彼女の腕を掴《つか》んで、そのまま体を引き寄せた。

（誰？）

クラウディアの体はたくましい腕に抱きしめられ、その人の胸にすっぽり収まっていた。

「大丈夫か？　驚かせてしまったな。まさか、こんな時間にここにやって来る人間がいるとは思わなくてな」

クラウディアの頭に降り注いだのは優しい声だった。

（ああ、ユリウス様だったのね）

ユリウスの胸の鼓動が耳に響いて、クラウディアの心臓まで共鳴し始めた。

「すまない」

そう言って、ユリウスはクラウディアを体から離した。

「灯りがなくなってしまったな。不審者かと思い、私も灯りを消したのだ」

「そうでしたか……」

薄い月明かりの中、かろうじて見える岩に二人は並んで腰を掛けた。

「まさか、そなたがな。ここが一番波音が大きいのだ。だから誘い込まれたのかもしれないな」

「誘い込まれた……」

（私はそうかもしれないけれど。ユリウス様のような方が波音に誘われるなんてこと、あるのかしら？）

「ここは子どもの頃に見つけたのだ。幼い頃の私は癇癪《かんしゃく》持ちで、毎日、不満ばかりを口にしていた。どうにもできない悔しい思いも、ここに来ると波と一緒に打ち砕かれていく気がしてな……」

ユリウスの横顔がどこか悲しげだったせいか、クラウディアは何も言えなかった。

「――あれだ。昼間の件は――その。私の癇癪だと思ってくれたらいい。そなたには悪いことをした」

「そ、そんな」

「いいんだ」

ユリウスはそれっきり何も喋《しゃべ》らなかった。そうして、二人して黙ったまま暗い海を見ていた。

月が雲に隠れると、あたり一面、漆黒の闇に包まれた。

突然、暗闇の中からゾフィーとメラニーの顔が浮かび上がってきて、「お前は幸せになんかなれないんだ！」とあざ笑ったように見えた。

「……そなた。大丈夫か？」

クラウディアの顔色などよく見えないはずなのに、ユリウスがいたわるように声をかけてくれた。

急に隣に座っているユリウスの体温を感じて、クラウディアは焦《あせ》った。

ゾフィーとメラニーの声が聞こえた時、もういっそ、このまま波に呑《の》み込まれたら楽になるのかもしれないなどと、罰当たりな考えが頭をよぎったのだ。

そのことが恥ずかしくて、申し訳なくて、涙が溢《あふ》れた。

「おい。本当に大丈夫か？　まさか、そなた――ここから身を投じようなどと考えていたわけではあるまいな？」

「……！」

「……よい。答えずともよい。それよりも、耳を澄ましてみろ」

ザッパーン。……。ザッパーン。……。

クラウディアが言われた通りにすると、一定のリズムで激しく岩にぶつかり砕かれていく波の音が聞こえた。

昼間と同じ音のはずなのに、なぜか今は厳しさを感じる。

波は絶え間なく打ち寄せては砕け散っていく。

ユリウスも、クラウディアの隣で波音に耳を傾けていた。

「……あの。落ち着きました。もう大丈夫です」

「そうか」

ユリウスはクラウディアを見ずに、海の方を向いたまま言った。

「こうして波音を聞くだけで不思議と癒やされるのだ。ここで考え事を——というか、自分に尋ねると、波と一緒に答えがかえってくる……」

「何となくわかる気がします」

「……」

「……」

クラウディアは、ユリウスと共にしばらく波の音に身を委ねていたが、彼の方から切り出した。

「そなたは——そなたも、自分自身に自分の本心を聞いてみるべきではないか？」

「私の本心を……私に尋ねる……？」

不意に月明かりが明るさを増し、端正なユリウスの横顔を照らした。

真《ま》っ直《す》ぐ前を向く彼は、悩んだことなど一度もなさそうなくらい自信に満ちた表情をしている。とても自問自答をしていたようには見えないが、彼が言うように自分に問いかけて答えを摑んだなら、自信を持って堂々と生きていけるのだろうか。

「そなたはいつも、いろいろと過去のことを思い返しては悩んでいるように見えるが、私の思い違いだろうか？　自分自身の人生について、この先どう生きたいのかを真剣に考えたことがあるのか？」

クラウディアはユリウスにそう聞かれて、初めて自分に問うた。

私の人生……私は——私はどうしたいの？　どう生きていきたいの？　何を悩んでいるの？

スザンナさんやニクラスさん。ネリーさんにアントン様。そして、このユリウス様。

他の皆さんも、みんなが励まし慰めてくれているのに。こんなにも優しい人たちに囲まれているのに。

何をうじうじと過去の嫌な出来事ばかり思い出しているのだろう。

「……確かに、私は過去しか見ていませんでした。未来のことを考えたことなど——いいえ、考えること自体、放棄していました。どうしてこうなったのかしら……？　いったいいつから？　このままでいいはずがないわ。私、私ったら——」

自分を叱りつけると、亡き父の言葉が頭の中に蘇《よみがえ》ってきた。

――よいかクラウディア。インスブルック家は、王族を、ひいてはこの国を支えるために存在しているのだ。こうして領地を与えられ交易事業を任されているのは、国王陛下の信頼あってこそだ。いいいいいいいいい、決して忘れるでないぞ。領民はもとより陛下の信頼を裏切るような真似《まね》は、絶対にしてはならない。

（……そうだった。なんで今まで忘れていたのかしら。お父様はあんなに口を酸っぱくしておっしゃっていたのに）

クラウディアが突然ものすごい勢いで首を回してユリウスを見たので、彼はビクッと体を震わせた。

「私、大切なことを思い出しました。決めました。ユリウス様のおっしゃる通りです。真実を暴き、汚名をそそぎます。私は罪を犯してなどおりません。無実の証しを立てて国王陛下の信頼を――失った家を取り戻したいと思います。……その。どこまでやれるかわかりませんが、やれるだけやってみようと思います。できないと――思いますか？」

ユリウスは、「フッ」と小さく笑うと、クラウディアを見据えた。

「いや。できるとも。私は間違ったことは正したい性分なのだ。グラーツ領こそ、その役目を担っていると言わせてもらおうか。ここグラーツ領は、不正を許さず正義の鉄槌《てっつい》を下すことを信条としている。ぜひ、協力させてほしい」

「きょ、協力なんて。そんな。勿体《もったい》ないです。何だか申し訳――」

「その先を言うことは許さぬぞ。ふっ。決まりだな。それと――今後は、『申し訳ございません』

は一切禁止だ。よいな？　約束だぞ？」

「はい」

クラウディアよりも高いユリウスの体温が、心なしか心地よく感じられた。彼の温《ぬく》もりが徐々に浸透してきて、じわじわと心が温まっていく。

そう感じた瞬間、クラウディアは自分の体が燃え始めた気がした。

（な、何かしら。この気持ち。恥ずかしいような、嬉《うれ》しいような……）

ユリウスは真っ暗な海を見て、波の音を黙って聞いている。

クラウディアは自分の体が火照ったことが恥ずかしくて、横を向けない。

口を開けば吐息が漏れそうで、何も言えず波音に集中するほかなかった。


またしても沈黙を破ったのはユリウスだった。

「不思議なことに、私も長い間思い出すことがなかった幼き日のことを思い出していた」

「ユリウス様の……」

「ああ。私は子供の頃は聞かん坊で、わがままを言ってはよく周囲の大人たちを困らせていたのだ。父上に私の気持ちが届かないと思い込んで、悔しくてよく泣いていた」

そんな子供らしい姿など、今のユリウスからはとても想像できない。

ユリウスは、亡き父との会話を思い出していた。

『どうしてですか父上？　なぜ私たちが南の果ての地へ行くのです？』

『よいか。グラーツ領は国防の要の地だ。だから行くのだ。インスブルック公爵家が交易で国の財政を担うのと同じなのだ。我らが両輪となってこの国を支えるのだ』

『どうして父上なのです？　ハイマン叔父上が行けばよいではないですか。私はどうなるのです？これまでの努力が全部、無駄になるではありませんか』

『努力が無駄になることなどない。そのように泣くでない』

『父上なんか嫌いです！』


「ふっ。私の昔話など要らぬな。さあ戻るぞ。そなたは歩いてきたのだろう？　近くに馬を隠してある。一緒に帰ろう」

クラウディアは、これは反抗とは違うはずだと、正直な気持ちを打ち明けた。

「あの。私は、もう少しだけここにいたいです」

「そうか」

「はい」

「……足元は見えるとは思うが、気をつけて帰るのだぞ」

「はい」

「……明日も早いのだろう。遅くならないようにな」

「はい」

「……では、先に帰る」

「はい」

ユリウスはほとんど飛び降りるように岩から降りると、振り返らずに走って行った。

少しして、遠くの方から馬のいななきが聞こえたが、じきに聞こえなくなった。

この世に、クラウディアと砕け散る波の音だけが残されたような気がした。

＊＊＊

グラーツ領では他領とは異なり、平民同士はもとより貴族と平民との交流も盛んだ。だがそんなことは他領には知られていない。

そのため、クラウディアがお菓子を差し入れに港に向かったその日、素振《そぶ》りの怪しい男が一人領内に侵入したとの一報は、すぐにアントンの耳に入った。

「ヨハン。クラウディア様が朝から港へ向かわれているはずです。念のため、港へ行って不審人物がうろついていないか様子を窺《うかが》ってください。この屋敷の体制は完璧ですが、もし侵入者の目的がユリウス様でないとすれば……。少し気になりますので」

「承知しました。すぐに参ります」

「ええ。頼みましたよ」

ヨハンが出ていくと、執務室の主人であるユリウスが入室した。

「なんだ？　何かあったのか？」

「不審な男が何やら嗅ぎ回っているようで」

「は？　あの妹君の手の者か？」

数日前にやって来た、インスブルック公爵の後妻の娘の件を思い出して、ユリウスはこめかみを押さえた。

「さあ。そこまで差配するような人物には見えませんでしたけど……」

「そいつは今どこにいる？　誰かつけて見張っているんだろう？　俺も見ておくとしよう」

「またそのようなことを。いちいち領主が出張ってどうするのです。もっとどっしりと構えていてください」

だがユリウスが本気で何かをしようと思ったならば、それを止められる人間などいない。

「いったい何が狙いなのだ」

「まだ目的はわかりません。とりあえずヨハンを港へ向かわせましたけど」

「そうだな。最近の出来事を考えると……」

「ええ。ですが、さすがに考えすぎかもしれませんし」

「行けばわかるさ」

結局のところ、アントンも侵入者という珍しい存在を見てみたかったのだろう。

その日の書類仕事は後回しにし、ユリウスとアントンは港へと急いだ。

岸壁でスザンナの手伝いをしていたクラウディアは、すぐに異変に気がついた。いつもの活気に溢れたやり取りが聞こえないのだ。

どうしてだろうと辺りを見渡すと、ユリウスとアントンの姿を見つけた。いつの間に来ていたのだろう。彼らが来れば一層騒がしくなるので、いつもならすぐにわかるのに。

ユリウスたちは、遠巻きに怪しい男性を観察して苦笑していた。彼らの視線の先にいる男性をクラウディアは見たことがなかった。

壁がないので、建物内のどこにいても男性の様子がよく見える。男性は、初対面にもかかわらず遠慮なく声をかけてくる領民に驚いているようだった。

作業中の者たちが、いちいち手を止めては、男の顔をじいっと見て声をかけている。

「あんた。見ない顔だね？　こんなところに観光かい？」

「道を間違えたんだろ。よそから来た人間が来るような所じゃねえよ」

「土産物屋もないところだよ。何しに来たんだい？」

皆、わざとらしく、これみよがしに「よそ者」と連呼している。

中には、「面白いなりをしているねえ」と、暗に人相風体は覚えたからなと忠告めいた言葉を投げる者までいた。

目も合わせていないのに、ことごとく話しかけられるのだ。

その男性はたまらず、「い、いやあ」と、しどろもどろの返事をしながら、足早に逃げるように建物を抜けてクラウディアの方へ向かって来た。

海を見に来たのかしら？　――そう思って見ていたら、男性は急に走り出した。

（――え？　そのまま走って来られたら、ぶつかってしまうわ……）

男性の目が、しっかりとクラウディアを捉えている。

（まさか私めがけて走っている？　まさか……ね……）

だが次の瞬間、クラウディアは体に衝撃を感じた。


――ユリウスが、必死の形相で何かを叫びながら走っている。

――アントンもそんなユリウスの後を追っている。

――金切り声をあげて岸壁から身を投げようとしているのはスザンナだ。


それら全てが、クラウディアにはスローモーションのように見えた。

空を仰いだと思った刹那、体全体が固いものにぶつかったような激しい痛みを感じた。

手を伸ばそうとしたクラウディアは、身動きが取れないことに驚いた。まるでドレスで体中を縛られているように感じる。

（どうして？　何が……？　息が……苦しい……）

呼吸をしようとすると塩辛い海水が入ってくる。クラウディアはパニックを起こした。

ザッパーン！　と大きな音がして近くに何かが落ちてきた……。

あれ……？　何も聞こえない。何も見えない……違う……何か……動いている……。

すぐ側《そば》で何かが動いているのに、よく見えない。ベール越しに見ているようなもどかしさを感じる……。

「私はいい！　先にクラウディアを舟に引き上げてくれ！」

体が重い。腕が痛い。やめて……。引っ張らないで……。

ベールの向こう側が騒がしい……。

「どけっ！　私がやる！」

誰かいるの？　声が聞こえる気がする……。

熱い……。何か熱いものが私の唇に触れている……。

「ごほっ。ごほっ」

息が――できる！　空気が入ってくる。

「はあ――はあ」
「クラウディア！」

――聞こえる。誰かが私の名前を叫んでいる。

「クラウディア！　目を開けるんだ！　クラウディア！」

何度も何度も、名前を呼ばれている……。
ああ……ごめんなさい。瞼《まぶた》が重くて開けられそうにないの。
この感触は……？　肩を……摑まれている？　痛いわ……。

「クラウディア！　そうだ。目を開けるんだ。頼む！　開けてくれ！」

目を……開ければいいの……？
瞼が……ああ……今度は……なんとか……開けられそう……。

クラウディアが目を開けると、途端にたくさんの色が飛び込んできた。大勢の声も聞こえる。彼女の体は、がっしりとしたものに支えられているが、体全体がゆらゆらと揺れていた。

「気がついたか！」

「ユリウス――様……？　どうして――え？　海の上……舟……？　ごほっごほっ」

舟の上で、どうやらユリウスに抱き抱えられているらしい。どうしたのだろう……？

ユリウスは見たことのない表情でクラウディアの顔を覗《のぞ》きこんでいる。まるで、今にも泣き出してしまいそうな……。

「ユリウス様……ごほっ」

「よい。喋るな」

何が起こったのだろうか？　意識がはっきりしてくるに連れ、猛烈な寒さを感じた。震えが止まらない。

「どうした？　大丈夫か？　震えているじゃないか」

ユリウスが慌てて上着を脱ぎ、クラウディアの体を包んだ。

舟が岸壁に着くと、ユリウスはクラウディアを横抱きにして持ち上げた。

「ニクラス！　そっとだ。そっとだぞ」

岸壁には大勢が鈴なりになって大声を上げている。

クラウディアの体はユリウスからニクラスに渡され、そのまま馬車へと運ばれていく。

途中、みんなから、「よかった」「よくご無事で」と涙ながらに声をかけられ、クラウディアは何が起こったのかわからないながらも、随分と心配をかけてしまったらしいと他人事《ひとごと》のように感じていた。

樽《たる》が並ぶ建物の向こうで、バタバタと人が走っている光景が目に入った。

「あっちに逃げたぞ！」

どうやら逃げた不審者を数人の男たちが追いかけているらしい。

アントンとヨハンの姿もあった。

よく聞こえないが、二人は何やら言い争っている。

「申し訳ありません！　オレが。オレが――」

「今更悔やんだところで遅い！　……まあ、命は助かったようで何よりですが。それより、不審者を追っている者がいるはずです。二人ほど連れて、至急、追いかけるのです。どこへ逃げ込もうと見失うんじゃありませんよ」

「はい！」

クラウディアは壊れ物のようにそっと馬車の中に横たえられ、真新しい毛布で包まれた。

「ユリウス様……？」

「何も心配いらない。もう喋るな」

馬車が走り出すと、クラウディアはその小刻みな揺れのリズムが心地よく、いつの間にか眠ってしまった。

クラウディアを屋敷に連れ帰ったユリウスは、早馬で呼び寄せていた医師に彼女を託し、すぐさま執務室に向かった。

激しい怒りに身を任せてしまいそうなユリウスだったが、医師の処置を確認したアントンが執務室にやって来るまでには、何とか頭を冷やすことができた。

「幸いにもクラウディア様は海水をそれほど飲んでいなかったようで、明日になれば起き上がれるだろうと医師が申しておりました」

「そうか」

「申し訳ございません。私の不手際《ふてぎわ》です」

アントンは素直に詫《わ》びた。

「いや。私も迂闊《うかつ》だった。まさかこんなことになるとは。せいぜい何か嗅ぎ回るくらいだと軽く考えていた」

ユリウスが、拳でテーブルを叩《たた》いた。

「だがなぜだ。クラウディアは命を狙われるような何かを握っているのか？　そんな風には見えないが。インスブルック家の者かどうかわからんが、敵はここまで汚いことを躊躇《ちゅうちょ》なくやる奴《やつ》だということだ。そんな奴らに、クラウディアは陥れられたということだな」

(私の領地で、よくもこんなふざけた真似を！)

「絶対に許さない」

ユリウスの瞳には正義の炎が静かに燃えていた。

＊＊＊

メラニーは、贔屓《ひいき》にしている仕立屋から、一番腕のいい職人を屋敷に呼びつけていた。

鏡の前で華やかな生地を体に当ててもらいながら、どのようなドレスに仕立てるのか相談するのは、この上なく楽しい時間だ。

先日、視察の報告に王宮に上がった際に、フランツから直々にハイマン国王の快癒パーティーに招待されたのだ。

すぐに正式な招待状も届き、気持ちが一気に舞い上がった。

クラウディアのことがあったため、裁判から三カ月間は自らも謹慎すると周囲に漏らす形で屋敷に引きこもり、パーティーはおろか買い物にすら行けなかったのだ。

「世間の目は意外に厳しいから注意が必要」というヒューゴーのアドバイスのせいだ。それに従った母親にも腹が立った。

まだ三カ月経過していなくても、フランツから直々に招待された、それも国王陛下の快癒を祝うパーティーともなれば話は別だ。

こうして堂々とドレスを新調して出席することができる。

「ねえ。ここにもリボンをつけてほしいんだけど」

「かしこまりました。では対になるように、こちらとこちらにお付けしましょう」

「そうね！　それがいいわ」

メラニーが自室で布地を取っ替え引っ替えしていた頃、応接室ではゾフィーとヒューゴーが世間話をしていた。

「そろそろフランツ殿下との婚約話が出てもいい頃だと思うのに、一向にそれらしい誘いがないのはどうしてかしら」

「まあ。まだ自主的に謹慎なさっている最中ではありませんか。さすがにフランツ殿下も行動には移せないでしょう。ご心配はいりません。メラニー様の美貌は王都でも一番です。ご両親の良いところを全て受け継がれているではありませんか」

そう言われると、ゾフィーも心配し過ぎなだけという気がしてきた。

メラニーは最初に結婚した伯爵との間にできた子だ。夫は若くして亡くなったが、死に顔まで美しい男だった。

「確かにあの男は顔だけは良かったわ。でもまさか財産があれっぽっちだったなんて、後から知った時には驚いたけれど。顔で選んだ自分を呪ったものよ。それでもモーリッツよりはマシだったわ」

二番目の夫となった公爵は、亡くなるまでの間、ゾフィーに質素な生活を強いたのだ。

「インスブルック公爵は女性にとっては面白みのない人物でしたからね。とはいえ資産は国内随一。家柄も王家に連なる公爵家。その名を受け継がれたメラニー様ほどフランツ殿下の婚約者に相応《ふさわ》しい方はいらっしゃいません」

「そうね。モーリッツを口説き落とすまでは大変だったわ。哀れな未亡人も優雅な貴婦人もダメで、情け深い慈愛に満ちた女性という答えに辿《たど》り着くまで随分と時間がかかったものよ。結婚してからも財産はモーリッツが管理していて、ちっとも自由にお金を使えやしない。本当にストレスが溜《た》まったわ。でもやっと報われた」

「ええ。ええ。わかります。事業に夢中といえば聞こえがいいですが、お金のことばかり考えている人間というものは、他人に分け前を与えるのが嫌いなんですよ。それでもこの二年間で存分に鬱憤《うっぷん》を晴らすことができましたでしょう?」

ゾフィーは、「存分にですって?」と、心底驚いた顔をした。

「何を言っているの! まだまだ足りないわ! もっとよ! もっと! 古くなった屋敷も改築したいし、宝石だってもっと大粒のものが欲しいわ。それに——。コホン。事業の方は順調なんでしょうね?」

入ってくるものがなければ思うように散財することもできない。ゾフィーは、「わかっているわよね?」と、ヒューゴーに視線をやった。

「ええ。それはもちろんでございます。何の心配もいりません。全てこのヒューゴーにお任せください。私どもは、交易事業を任されているという信用だけ頂ければよいのです。利益は全てゾフィー様のものでございます」

「それならいいのよ。これからもよろしく頼むわ。あら? お茶が冷めたみたいね。替えてちょうだい」

満足したゾフィーは、あれこれと買いたい物を思い浮かべてニヤニヤと頬を緩めた。

そんなゾフィーを見て、ヒューゴーはほくそえんでいた。

＊＊＊

最近のクラウディアは、一日の仕事を終えて部屋に戻ると、悶々《もんもん》と考え込むようになっていた。

――真実を暴き汚名をそそぐ。無実の証しを立てて国王陛下の信頼を取り戻す。そして、懐《なつ》かしい我《わ》が家を取り戻す。

そう決意したものの、いったい何をどうしたらよいのか。

それに海での事件。あれは、馬鹿《ばか》なことを考えるなという警告のようにも思える。

――自分の死を願う人間がいる。

それは、とてつもなく恐ろしいし、ものすごく悲しい。

（ユリウス様やアントン様は、二度とこのような事件を起こさせないと約束してくれたけれど……）

その日の夜は、久しぶりに無性にあの岩場へ行きたくなった。

クラウディアは、そっと部屋を出て屋敷を後にした。

すると、行く手を遮るように何かが現れた。

それは馬上のユリウスだった。月明かりの下、物言いたげにクラウディアを見ている。

「……どうして」

「あ、あれだ。その。なんとなく波音を聞きたくなってな。もしや、そなたもか？」

「は、はい。なんとなく」

「では一緒に行くか」

そう言うとユリウスは返事を聞かずにクラウディアを馬に乗せ、彼女を片腕で抱き抱えながら手綱を取った。

無言の中、馬の蹄《ひづめ》の音だけが聞こえる。

クラウディアは、図らずもユリウスの胸に体を押し付けるような体勢で馬に乗っていた。

たくましい胸板や腕から伝わる彼の体温のせいで、自分の顔が赤くなっているのを感じる。

二人乗りならば自然のことなのに、どうしたというのだろう……？　きっと、ユリウスの鼓動が速いせいだ。

（スザンナさんは、海に落ちた私が息をしていなかったから最悪のことを考えてしまったと言っていた。ユリウス様が息を吹き込んでくださらなかったら、今頃私は……。え？　息を吹き込むって――――!!）

クラウディアは、微《かす》かな記憶の中で唯一鮮明に覚えている、唇に触れた熱い感触を思い出してしまい、いよいよ顔を上げられなくなった。

大岩までやって来ると、ユリウスが手を貸してくれ、先にクラウディアを座らせてくれた。

この前と同じように二人並んで座ったが、どちらも何も言い出さない。

岩にぶつかる波音は相変わらず厳しいが、波が砕けて散っていく音を聞いていると不思議と心が休まった。心なしかユリウスの表情も和らいでいるように見える。

月に照らされた海は、新月の海とは全く違う表情を見せていた。

規則正しい波は、海の呼吸のようだった。

夜の帳《とばり》の中から、息をするためにヌッと顔を出したような波の先端は、そこだけ色をぼんやりと滲《にじ》ませている。

クラウディアは波音に耳を澄ませながら、遥《はる》かかなたから次々とやって来る波の形に目を留めていた。

「まだ怖いか？」

不意にユリウスに声をかけられた。

ユリウスには、クラウディアの表情が翳《かげ》って見えたのだろうか。

すぐに海での事件のことを言っているのだと理解したクラウディアは、慌てて否定した。

「いいえ。もう、大丈夫です。あ、あの。そういえばまだちゃんとお礼を言っていませんでした。

本当にありがとうございました」

「あ、ああ。当然のことをしたまでだ。私の方こそすまない。領内で起きたことは全て私の責任だ。そなたに怖い思いをさせて申し訳なかった」

「そ、そんな」

再び沈黙が訪れた。

ユリウスは無理に話そうとはしなかった。

しばらくそのままでいると、ユリウスがふとつぶやいた。

「ひとりぼっちが集まったな」

「え?」

「私もアントンも両親を亡くしているんだ」

「アントン様も?」

「ああ。アントンは——。アントンは王都で起きた事件で——いや不幸な事故で、両親を一度に亡くしたんだ」

「王都の? では、アントン様も王都で暮らしていらっしゃったのですか」

「ああ。だが嫌な思い出しかないから、王都でのことは何も話さない。王都に住んでいる人間も毛嫌いしている——あ。そなたは違うようだ」

クラウディアを気遣い、ユリウスが慌てて言葉を付け足してくれた。

「両親を亡くした後、私の父がアントンを引き取ったと聞いている。正直、その頃のアントンのことはあまり覚えていないのだ。ただ今と違って、ほとんど喋らなかったような気がする。父上が亡くなってからだな。あんな風に飄々《ひょうひょう》と、なんでも茶化《ちゃか》して笑うようになったのは」

「そうなの——ですか」

クラウディアが返事に詰まったので、ユリウスは、彼女が一番気になっているであろう話題に変えた。

「汚名をそそぐんだったな。焦らずとも私たちがついている。一人で悩まず、私を——私たちを頼りにしてくれないか」

「……はい」

「よしっ。明日きちんと作戦を練ることにしよう。具体的な目標があった方がよいだろう」

「はい」

二人は一瞬だけ見つめあった。

すぐに二人とも海の方へ視線を移すと、それからは互いの存在を感じながら、ただただ波音に耳を傾けていた。

＊＊＊

ユリウスの執務室にあるソファーに、ユリウスとアントン、その向かいにクラウディアが座っている。

クラウディアは、朝食後すぐに執務室に来るようにと指示されたのだ。

テーブルにお茶とお菓子は置かれているが、向かい合って座っている三人は一様に厳しい表情をしていた。

「では改めて聞こうか。そなたの望みはなんだ？」

ユリウスからそう問われ、クラウディアはスッと息を吸うと、「汚名をそそぎ、家を取り戻したいです」と一気に吐き出した。

「今となっては、父との思い出だけが私の財産です。私の帰る場所は、あの家だけなのです。家を取り戻したいです」

クラウディアの初めて見せた熱い一面に、ユリウスは感心しながらも、「帰る場所か……」と、少し寂しそうに表情を曇らせた。

だがそれは一瞬のことで、すぐに表情を整えた。

「家を取り戻すには、まず、そなたの潔白を証明し身分を回復する必要がある。そなたの罪状は、『交易事業で得た利益の着服』だったな。着服があったとするなら、その額はいくらなのか。その金はどこに流れたのか。正確な金の流れを摑まなければならない。だが、肝心の帳簿がない……」

思案顔のユリウスがクラウディアに尋ねた。

「そなた。交易事業に関しては、どこまで把握しているのだ？」

「父の死後は本館の部屋を追い出されて別館に移されたので、帳簿を見ることができなくなりました……」

「使用人として働かされていた」と訴えるのではなく、「部屋を移った」としか言わないクラウディアが、ユリウスの目には余計に痛ましく映った。

「ですが、三年前までの数字は全て覚えています」

「そうだったな。そなたは見たものを全て記憶できるのだったな」

「はい。取引先、仕入れた品々、買い付け価格、売価。利益、人件費や物流費等の経費。収益と納税額も全て覚えています」

うんうんとアントンが頷《うなず》く。

「ではクラウディア様。まずは全部書き出していただきましょうか。ユリウス様と私も把握する必要がありますからね」

「ええと。全部というのは――」

「ああそうでした。全部というと本当に全部になっちゃいますね。では、三年前から五年前までの三年間分をお願いします。それだけあれば傾向が摑めるでしょう」

「はい」

ユリウスは、右手の人差指《ひとさしゆび》で、組んだ左手の甲をトントンと叩きながら思案していた。

「問題は、そなたが知らぬこの直近二年間についてだな。インスブルック家の帳簿が手に入れば簡単なのだがそうはいかない。だいたいインスブルック家にあるのか、リンツ商会にあるのかもわからない……」

ユリウスはなおも考えを整理するため、口に出しながらまとめていく。

「商売というのは相手がいる。売買は売った方も買った方も帳簿に残すものだ。リンツ商会と取引のある商人たちの控えをもとに作成すれば、直近二年間の大雑把《おおざっぱ》な帳簿を再作成することも可能か……」

「いかにも」と、アントンが賛同する。

「確か過去の裁判で、物証がない中、記憶力に定評のある証人の証言が証拠として採用された例があったはずだ。クラウディアほどの完璧な記憶力であれば、その能力の確かさを証明することは容易《たやす》い。クラウディアの記憶によって再作成された過去分の帳簿は証拠として申し分ないはずだ。ふむ。国庫の納税額の記録を手に入れる必要があるな。再作成した帳簿の数字と照合すればいろいろとわかるはずだ。直近二年間の国への過少申告とかがな」

ユリウスは、利益の過少申告はあるとふんでいた。

「流れた先は調べるまでもなさそうだが」

リンツ商会が旨みを吸わずして手を貸すなど考えられない。

ユリウスの表情がどんどん険しくなっていくので、アントンが割って入った。

「まあ国庫の方はユリウス様にお任せしましょうか。何せ、ここグラーツ領では、王命によりクラウディア様に下された罰を執行しているんですからね。横領額がどの程度だったのか知りたいとおっしゃっても不審には思われないでしょう。ことによっては更なる厳罰化を検討する必要があるとかないとか言って……。『さすがは冷徹な溶けない氷像だ。グラーツ領に追放して良かった』と、フランツ殿下は泣いて喜ばれることでしょう」

「……お前。私のことをなんだと思っているのだ。お前がそんなだから、妙な噂《うわさ》が流れるのではないか？」

「まあまあ。ただの役割分担ですよ。クラウディア様は帳簿の再作成。ユリウス様は国庫の資料の収集。あとは――そうですね。帰ってきているヨハンをもう一度王都へ、リンツ商会にやりますかね。『親に尻を叩かれて追い出されたから、もうここで働かせてもらわないと死ぬ』とかなんとか言わせて。思いっきり泣いてもらうとしましょう」

「よし。こちらで作成した五年分の帳簿と国庫の納税記録から奴らの過少申告を明らかにする。ヨハンの調査で、この一、二年で交易事業は拡大の一途をたどっているらしいことがわかった。モーリッツ公亡き後、利益が異常なまでに増加しているにもかかわらず、国へ過少申告をしていた証拠が摑めれば、それらを新たな証拠として提出し再審請求ができるはずだ」


一方その頃。

厨房《ちゅうぼう》では、アントンが悪魔のような提案をしているとも知らず、ヨハンはネリーと、朝食の残り物のチーズをかじりながら噂話に興じていた。

「オレの失態のせいもあるとは思うんですけど。クラウディア様が海に落とされて以来、ユリウス様が変わりすぎて怖いんです」

「あれは少しまともになったというのよ」

「あれがですか？　そりゃあ、感情がたまにお顔に出るようになったのは、氷像じゃなくて人間らしいとは思いますけど」

「そうじゃなくて。クラウディア様に対する態度の方」

ネリーは、「男っていうのは、どいつもこいつも鈍いんだから」と呆《あき》れた。

「令嬢どころか使用人すら、女性の姿はユリウス様の目には映っていないんじゃないかと本気で心配していたんだから。お小さい頃から、『女と喋るなど時間の無駄だ』とはっきりおっしゃっていたからね。まあ、ご身分がご身分だし、ユリウス様に群がるご令嬢がたの方も、ユリウス様の人柄なんて目に映っていなかったんだろうけど。それにしても十八歳になってもまだご婚約されないなんて――」

「おい。ヨハン。アントン様がお呼びだぞ。ユリウス様の執務室に来いってさ」

顔馴染《かおなじ》みの男性が厨房に伝えに来た。

「お？　なんだろ。何か楽しい仕事だったらいいなあ」

アントンから指示される内容が、従者見習いの仕事とはかけ離れていることに気づきもしないヨハンは、足取りも軽くユリウスの執務室へと向かった。

クラウディアがいくら帳簿の内容を全て覚えているからといっても、実際に紙に書き起こすには時間がかかる。誰かに手伝ってもらうこともできず、復元までの道のりは遠く思えた。
一刻も早く書き上げたい――その一心で、クラウディアは寝る間も惜しんで作業に没頭したため、一年分を書き上げたところで腕が悲鳴を上げた。

少し手首を曲げただけで激痛がするようになったのだ。

ユリウスとアントンには隠れて、夜、自室で作業をしていたため、クラウディアの腕の痛みを知ったユリウスは目を吊り上げ、アントンはため息をついた。

三日間の静養を申し渡されて落ち込んでいたクラウディアは、話し相手を求めて裏庭に行った。あいにく誰もおらず、一人でぼうっとしていたところに急に声をかけられて驚いた。

「ここにいらっしゃったんですね。探しましたよ」

ニコニコと機嫌の良さそうなアントンが立っていた。

「あの。何か」

「あははは。そんなに警戒しないでください。私のことを、『不幸を運ぶ不吉な男』とでもお思いですか？」

「す、すみません。そんなつもりは」

「ああ、いえいえ。わかっています。冗談ですよ。冗談。……まあ。焦る気持ちはわかりますが。突っ走ると、こんなことになってしまうわけですからね！」

（「ねっ」と言われても）

「あ！　今、『ねっ』って言われてもって、思ったでしょう？」

「え！　ええっ！」

「あははは。いやあ。本当にわかりやすい。とまあ、冗談はこの辺で」

「じょ、冗談？」

アントンは急に真面目な顔つきに変わった。

「すみません。実は大切なお知らせがあってお探ししていたんです。クラウディア様の過去分帳簿作成と同時に、直近二年間の帳簿作成も行うことになったのです。そのためにはインスブルック家の、というよりは、リンツ商会の取引先を回る必要がありますから、王都に乗り込みますよ」

「王都に……」

不安な表情を浮かべるクラウディアに、アントンも表情を曇らせて共感した。

「私も気乗りはしないんですけどね。ですが、なんだかんだいってユリウス様が珍しく気が急《せ》いていらっしゃって。ユリウス様はこの後、明日開催される国王陛下の快気祝いパーティーに参加されるために王都へ向かわれますが、本当の目的は、王都での滞在準備をなさるためなのです」

アントンはニコニコと笑みを浮かべ、いつもの彼に戻っていた。

「まあ私としては、こんな風にユリウス様に火をつけてくださったことに対してお礼を言いたいくらいなのですが。ああ、今のは忘れてください。あははは」

「え？　ええと」

くるくるとテンションが変わるアントンに、クラウディアは生返事しかできなかった。

＊＊＊

病が癒えて公務に復帰したハイマン国王は、健康に問題がないことを知らしめるため、快気祝いのパーティーを開催した。

「今日は私のために、こうして集まってくれたことを嬉しく思う。私が安心して療養できたのは皆のお陰だ。そしてフランツ。私の名代としてよくやった。そなたには良い経験となったであろう」

（「よくやった」か……。及第点を与えたような言い方だが、皆の前で叱責《しっせき》するわけにはいかぬし。フランツに自覚がない分、厄介だ。どうしたものか）

「はい！　此度《こたび》のご快癒、心よりお祝い申し上げます。陛下が病に倒れられたのは、全てを陛下お一人にお任せしていたからではないかと思い至りました。今後は、私にも公務の一端をお任せいただきとう存じます」

フランツは覚えたての祝辞を、役者さながらに力一杯披露した。

「うむ。心配をかけたな」

（フランツの側近は、口上だけは作れるようだ）

ハイマンは全快とは言い難い状態だったが、従者からフランツの有様《ありさま》を聞くにつけ、復帰せざるを得ないと判断したのだった。

療養中、ベッドに横になりながらフランツの様子をしつこく尋ねても、最初のうちは誰も口を開かなかった。

それならばと無理やり起きあがろうとすると、慌てた侍従長がようやく切り出したのだ。

「シュテファン公爵をはじめ、これだけの陳情が寄せられております。それと――爵位の継承確認の担当者が対応に苦慮しているようです」

インスブルック公爵令嬢の裁判のあらましを聞いて、ハイマンは愕然《がくぜん》とした。

「……はあ。我が息子ながら嘆かわしい。このような裁判、前代未聞ではないか。物の道理が全くわかっておらぬ。結果が招く事態もな……。だが息子の不出来は私の責任だ。そもそも、この私が病で伏せるなど許されてはならないのだ。これでは譲位いただいた兄上に申し訳が立たない。明日から復帰するぞ」

「ですが陛下。ご公務はお体にさわりますので、主治医が――」

「それ以上は申すでない」

「……かしこまりました」


ハイマンが復帰した一番の理由は、インスブルック家の現状を把握した上で、クラウディアに手を差し伸べてやりたかったからだ。

ハイマンとモーリッツは幼い頃からの付き合いだ。クラウディアは記憶にある限り、聡《さと》い娘だった。なんの証拠もなく一人の証言だけで下された判決に、あの利口な娘が納得するとも思えなかったが、一言も反論しなかったという。それも腑《ふ》におちない。

パーティー会場では、ハイマン国王やフランツ王太子の面識を得ようと挨拶《あいさつ》の列ができていた。ゾフィーはハイマンの列に、メラニーはフランツの列に分かれて並んだ。

メラニーが今か今かとフランツの前に出る順番を待っていると、会場内でどよめきが起こった。声のした方を見ると、着飾った女性の半分ほどが一カ所に集まっている。

「殿下そっちのけで何をやっているのかしら。ま、ライバルが減るのは大歓迎だけど」

「ふん」と馬鹿にして前を向こうとした時だった。

女性たちの輪の中に、頭二つ分ほど高い男性の姿をとらえて、メラニーは視線を外すことができなくなった。

「誰……なの？」

その男性に吸い寄せられるように足が勝手に動いていく。

母親からは、フランツとの絆《きずな》を強固なものにするよう、しつこく言われていたが、そんなことは男性の姿を見た途端、一瞬で吹き飛んでしまった。

その男性は、時折、銀髪をかきあげては青い瞳で女性たちに挨拶をしていた。

――陶器のようなその滑らかな肌に手を添わせて、いつまでも見つめていたい……。

「はあ」とか「ふう」しか声を出せない女性たちの心の声が、会場内にこだましているようだった。

「この私を差し置いてよくも。目ざとい子たちね」

気がつけば早足で歩いていたメラニーは、男性をとり囲んでいる女性たちを素早く品定めした。

（ふふ。どれも大したことないわ。私のドレスが一番豪華で、私が一番きれいだわ。この会場内であの男性に見合うのは、この私だけね。うっふっふっ）

うっとりとした表情で見つめている女性たちを押しのけて、メラニーは男性のすぐ前まで進み出た。

　そして、自信たっぷりに言った。

「お初にお目にかかります。メラニー・インスブルックでございます。今日が初めてのご挨拶だと思うのですが。これまで一度もご挨拶していないなど、礼を失していなければよいのですけれど」

　男性はメラニーの瞳をたっぷり覗き込んでから、彼女の手を取った。

「まさかそのようなこと、あろうはずがございません。私はユリウス・グラーツです。遠方の領地ゆえ、なかなか王都に来る機会を得られず、国王陛下に対しても申し訳なく思っていたところなのです。正真正銘、今日、初めてお会いいたします。どうかお見知りおきを」

　ユリウスに軽くつままれているだけなのに、メラニーの指先は燃え上がるような熱を発していた。今にも溶けてなくなりそうなほどに。

（この国に、こんなに美しい男性がいたなんて……。え？　待って。今、「グラーツ」って言った？）

「あの。グラーツ領とおっしゃいますと――」

「ええ。南の果ての領地などと言われておりますが。そういえば、お名前に聞き覚えがあったのは、先日、我が領地に視察にお見えになったからですね」

「ええ！　そうなのです。フランツ殿下から、『ぜひに』と請われまして。……あ。その。義姉の件につきましては、私も母も、いまだに心の傷が癒えておりませんの」

（まさか、あの溶けない氷像と噂されるグラーツ公爵が、こんなにも素敵《すてき》な方だったなんて！　冷酷なのは領主として当然よ。でもきっと、愛する女性には優しく接するに違いないわ）

そんなことを思いながらユリウスの顔に見惚《みと》れていたメラニーだが、一瞬だけフランツの顔がよぎった。

（でもよく考えてみれば、もうお金は十分あるじゃない。なにも王妃になれなくったって、公爵家なら家柄としては申し分ないわ。南の領地はいまいちだけど、そんなマイナスもこの美貌が全部吹き飛ばしてくれる）

「あの事件のせいですね」

ユリウスの顔から笑顔から消えると、噂通り氷の彫像のような冷淡さが浮かび上がってきた。それでも美しいことに変わりはない。

「ええ。そうなのです。お義姉様が、あのような、国を揺るがす大事件を起こしてしまって」

（それに。領主と結婚して、一緒にクラウディアをいびるのも楽しいかもしれない）

メラニーは、フランツを虜《とりこ》にした、思い詰めたような憂いを帯びた表情を作って、上目遣いにユリウスを見た。

「あ、あの。義姉のことですけれど。あのような大罪を犯してそちらの領地に追放されましたが、元気にしておりますでしょうか。いくら犯罪者といっても、たった一人の義姉ですから心配でたまらないのです」

ユリウスは唇の端を上げて、「ふっ」と息を漏らした。

「クラウディアなら、フランツ殿下の下された判決の通りに処遇しております。それよりあなたはどうなのです？　私のいないところで領民たちと一悶着《ひともんちゃく》あったようですが。殺気だった彼らは私でも手がつけられませんからね。もしまたいらっしゃることがあれば、その際は十分お気をつけください。足を滑らせて海に落ちてしまったら、命が助かるとは限りませんから」

「は？」

ユリウスの言葉は、メラニーが望んでいたものと違った。それどころか、最後の方は脅しとも取れるような内容ではなかったか？

（え？　……何よ。何なのよそれ！）

ユリウスは、「失礼します」と、冷たい視線をメラニーに浴びせてから立ち去った。


ユリウスは最低限の社交しかしないため、久しぶりに顔を出したパーティー会場で注目を一身に集めてしまった。

「これはこれはグラーツ公爵！　お久しぶりですなあ」

「まあ！　まあ！　私のことを覚えてくださっています？　私は――」

「おどきなさいな！　グラーツ公爵！　あ、ちょっと！　グラーツ公爵！」

始まったな……。

愛想笑いの下で互いを蹴落としあう貴族たちの饗宴《きょうえん》だ。下位貴族を馬鹿にして見下している傲慢《ごうまん》な上位貴族たちの会話。香水のむせるような臭い。あちこちから響く高笑い。

中でもユリウスが辟易《へきえき》とするのは、しなだれ掛かるように体を寄せてくる女性たちだ。身分差から近くに寄れない女性たちでさえも、ねっとりと絡《から》みつくような視線をよこす。

ユリウスは、自分の顔が整っているせいで女性たちを虜にしてしまうらしいことは自覚していたが、彼女たちの本当の狙いがグラーツ家の家柄と財産だということも知っている。

ユリウスが氷のように冷たかろうと、彼女たちは一向に構わないのだ。

思い返せば、クラウディアからはそのような目で見られたことが一度もなかった。最初に会った時などは、媚《こ》びを売るどころかユリウスを怖がって近寄ろうともしなかった。

彼女ならば誰であろうと、富と権力を得るための道具として人を見るようなことはしないだろう。

不意に控えめなクラウディアの微笑《ほほえ》みが脳裏に浮かび、ユリウスは慌てた。

「はあ……」

ユリウスは小さくため息を漏らすと、冷気をまとったような厳しいオーラを放ち、人を寄せ付けずにまっすぐハイマンに向かって歩いた。

気づいたハイマンが従者に合図をしたようで、ユリウスは、「どうぞこちらへ」と、別室に通された。

主催者である国王が座を外すのは、色んな憶測を呼んでしまうため褒められた行為ではないが、滅多に会えないユリウスが相手ではやむを得ない。

部屋に入るなりハイマンの方からユリウスに声をかけた。

「久しいの。ユリウス。息災であったか？」

「ええ。暖かいところでぬくぬくとやっております」

「またそのようなことを。時を経《へ》て、王宮への嫌悪感は少しは拭えたかと思ったが。それより――」

言いながらソファーにぐったりと体を預けるハイマンに、それとなく手を貸すユリウスは相変わらず無表情だ。

「珍しいではないか。そなたから私に会談の申し入れとは」

「そんな堅苦しいお願いをしたつもりはありませんが。まあ、申し入れと言えば、そうですね。近々、正式に申し入れを行う事態になるかもしれません」

部屋には、お茶のセットがワゴンに乗ったままの状態で置かれている。

ユリウスが器用にティーカップに紅茶を注ぎ入れ、ハイマンの前にサーブした。

ハイマンは、唇を湿らす程度にほんの少しだけ口をつけた。

「喉を通りませんか？　公務への復帰は早すぎるのでは――」

「よいよい。心配するな。そなたの申し入れとやらも、私が受けた方がよいだろう。フランツなら門前払いしかねんからな」

「ご存じでしたか」

「ああ。必死に私の耳に入れぬよう皆が気を配っておったがな。アレのことは気にせんでよい。むしろ、私の分も頼みたいくらいだ。存分にやるがよい」

「……陛下？」

「少し休みたいのだ。できれば会場には戻らないでくれないか。そなたと話し込んでいると思わせておきたい。さすれば、しばらくは邪魔されぬだろう」

ハイマンはそれだけ言うと目を閉じた。

ユリウスは言葉をかけるタイミングを失ったので、目礼だけして、そっと部屋を出ていった。

第六章　再審の申し立て

王都に行くと知らされてから一週間後。

クラウディアはグラーツ家の豪華な馬車から、王都の、どこか懐《なつ》かしい通りを眺めていた。

「そなたにとっては見慣れた通りだったな」

「はい――いいえ。あ……。知ってはいるのですが、なんだか随分久し振りで、知らない通りのようにも感じるのです」

「そうか」

賑《にぎ》やかな通りを父親と一緒に歩いたのが、クラウディアには遥《はる》か昔のことのように感じられた。

馬車は王都の目抜き通りを通り過ぎ、牧歌的な緑の中を進んでいた。

いったいどこへ向かっているのだろうと、クラウディアの顔に不安な表情が浮かんだのをアントンは見逃さなかった。

「まさか王都のど真ん中の宿屋に入るわけにはいきませんからね。それでは人目につきすぎて、あっという間にリンツ商会の耳にも入ってしまいます。秘密裏に、とまでは言いませんが、できる限り妨害されないうちに事を進めておきたいですからね」

どうやら遠くに見える瀟洒《しょうしゃ》な屋敷へ向かっているらしい。

「シュテファン老公爵の屋敷に逗留《とうりゅう》させていただくのです。クラウディア様もご存じの方ですよね？」

「シュテファン老公爵？　マリント・シュテファン公爵……」

「そうです！　いやあ、老公爵への書状をクラウディア様にもお見せしたかったです。ユリウス様が心を砕かれて、陳情とも受け取れるような熱い書状を――」

「アントン！」

アントンが自分に酔ったように喋《しゃべ》っている中、ピクピクとこめかみのあたりをひくつかせていたユリウスだったが、とうとう堪《こら》えきれずアントンを睨《にら》みつけた。

「オホン！　まあ、私たちの逗留を快諾してくださったというわけです」

シュテファン家の屋敷はなだらかな丘陵地にあった。

馬車がゆっくりと敷地内を進んで玄関ポーチに到着すると、クラウディアは不思議な感覚に襲われた。

先ほどの目抜き通りとは違った懐かしさを覚えたのだ。

(何かしら？　この感覚……)

シュテファン邸に到着した三人は、若い執事に迎えられ、ひとまず応接室に案内された。

「主人を呼んで参りますので、こちらで少々お待ちください」

執事と入れ替わりに二人のメイドが入ってきて、三人の前に素早くお茶とお菓子を並べた。

後から来る予定の主人の席には、パープルのハーブティーだけが置かれている。

トントントンとノック音が聞こえ、クラウディアは緊張した。

「お待たせいたしました」

そう言って執事がドアを開けると、マリント・シュテファンが姿を現した。

同じ公爵家でも序列ではグラーツ家の方が上だ。だが老公爵への敬意からか、ユリウスが立ち上がって出迎えた。アントンとクラウディアもユリウスに倣う。

「遠路はるばるようこそ我《わ》が屋敷へ。歓迎いたしますぞ。先日のパーティーは欠席させていただきましたから、ユリウス様と最後にお会いしたのは、もう十年以上前になりますかな」

「はい。その頃の私はどうしようもない未熟者でしたから、ご記憶の中の私はさぞやご不快な思いをさせていたことでしょう。今更ですがお詫《わ》びいたします」

「はっはっはっ。律義ですなあ。それに、お小さいユリウス様を可愛《かわい》いと思いこそすれ、不快に思ったことなど、ただの一度もありませんぞ」

ウエーブのかかった白い髪を優雅に垂らした老人に、「可愛い」と言われ、ユリウスは珍しくまごついている。

「どうぞお茶を召し上がれ。私も特製のハーブティーをいただきたいので。客人が飲んでくださらんと手がつけられませんのでな。おお、毒味役を失念しておりました」

「そのような者は不要です。いただきます」

ユリウスがそう言ってティーカップを持ち上げると、

「いただきます」

「頂戴いたします」

クラウディアとアントンも続いてティーカップを手に取った。

ゆっくりとお茶を堪能してから、ユリウスは王都にやって来た目的を詳細に語った。

マリントは時折目を閉じながら、うんうんと頷《うなず》きながら聞いていた。

マリントからも王都の最新情報が提供され、今後の方針を確認しあうと、ひとまずそれぞれの部屋で休むことになった。

クラウディアに用意された部屋は二階の角部屋で、開け放たれた窓から日光が降り注いでいた。

（あら？　とっても可愛いお部屋だけど……）

壁紙には大小のピンクのバラが描かれていた。よく見ると、白地に薄黄緑のストライプの上に花が描かれている。

十五歳のクラウディアには少し甘過ぎる。老公爵の身内の幼い少女が使っていた部屋だろうか。

（違う……わ）


――どうかな？　姫様のお気に召しましたかな？

――うん！　とっても、とーっても気に入ったわ。じい様大好き！


「私……この部屋に……」

突然、クラウディアの頭の中に幼い頃の記憶が蘇《よみがえ》った。

この部屋は、クラウディアのために用意されたものだ。いつもこの屋敷に遊びに来た時に泊まっていた部屋だ。

(こんな幸せな記憶をどうして忘れていたのかしら。そうよ。老公爵だなんて。そんな風に呼んだことは一度もないわ。私はいつも——)

「オオカミじい様……」

「ちび姫がようやく帰ってきた」

部屋の入り口に立っていたマリントが、少し涙ぐんだ声でつぶやいた。

「この部屋を見れば思い出すのではないかと思ってな」

「じい様！　ごめんなさい。私、忘れちゃうなんて」

クラウディアはたまらなくなってマリントに駆け寄ると、彼の手を取った。彼の方もギュッと握り返してくれる。

「あのちび姫がこんなに大きくなって」

この屋敷で父親と過ごした幸せな時間を思い出すと、クラウディアは溢《あふ》れてくる涙をとめられなかった。

顔をぐしゃぐしゃにして、しゃくりあげながらマリントに抱きつく。

マリントは子どもをあやすように、クラウディアの背中をポンポンと叩《たた》いてくれた。

そんな二人の様子をユリウスとアントンが廊下から見ていた。

「ユリウス様の目論見《もくろみ》通りですね。お望みが叶《かな》ってなによりです」

「なんのことだ」

「またまたー。ヨハンの調査資料でシュテファン公爵とのつながりに目をとめていらっしゃったでしょう？」

「ふん」

人目を避けるならば、空き家を一軒貸し切った方がよい。そうせずにユリウスがここを選んだのは、クラウディアに味方がいるということを教えてやりたかったからだ。

全てを諦めてしまうように洗脳されてしまったクラウディアに、父親が亡くなる前の満ち足りた時間を思い出してほしかったのだ。

愛されていたという実感が、きっと彼女を強くするはずだ――と。


クラウディアは、ユリウスがそんなことを考えているとは露《つゆ》知らず、マリントとの再会に浮かれていた。

だが、そのマリントの顔色がすぐれない。

「オオカミじい様。どこかお体の具合が悪いのですか？　昔みたいにお話をいっぱい聞きたかったのに」

「なあに。歳をとると顔色なんてこんなものだよ」

「本当に？　そうだ！　じい様。グラーツ領へいらして！　ぜひ、生のお魚を食べてみてください。私も最初は信じられなかったけれど、生のお魚って、とっても美味《おい》しいのよ。それに、お魚を食べているうちにどんどん元気になるの。ほら！　この通り！」

「確かに。ちび姫はとっても元気そうだな」

「暖かいところで美味しいものを食べれば、じい様もきっと顔色が良くなると思うわ。私、ユリウス様にお願いしてみようかしら」

急に自分の名前を出されて驚いたユリウスは、今にもクラウディアが探しに来る気がして、盗み見ていたことを気づかれないよう足音をさせずに去った。

＊＊＊

翌日から早速、リンツ商会から交易品を卸してもらっている商人との面会を始めることになった。

支度を終えて応接室にやって来たクラウディアを見て、ユリウスは今更ながら、クラウディアが無実だと確信しておきながら、公爵令嬢として遇してこなかったことを思い知らされた。

そんなユリウスの心中を察しても、アントンは大袈裟《おおげさ》に肩をすくめてみせるだけ。

アントンに八つ当たりしても仕方がないので、ユリウスはクラウディアに相応の身支度をさせることにした。

ユリウスは商人に会う前に、急遽《きゅうきょ》、マリントに紹介されたドレスメーカーに寄ることにした。馬車は王都で目立たぬようシュテファン家のものを借りての出発だ。

店に入るや否《いな》や、アントンが店主に耳打ちをして特別個室へ案内させた。

「こちらの令嬢に似合う最高級のものを揃《そろ》えてほしい」

ユリウスの一言で、店員たちはまず、クラウディアの髪の色や瞳の色を確認した。それから一斉に散ると、しばらくして次々に商品を部屋に運び込んできた。

ドレスに靴にバッグにアクセサリー類と、見る見るうちに部屋の中が高級品でいっぱいになっていく。

「クラウディアが今持っているドレスは何着あるんだ？」

ユリウスは壁際《かべぎわ》に腰掛けて、店員たちがドレスをクラウディアに当てて鏡で確認する様子を見ながら、横に立つアントンに話しかけた。

部屋の中央では、店員が持ってきたドレスを見ては店主が、「それはちょっと違う」と差し戻したり、「うん、間違いない」と採用を決めたりしている。

「三着ですが」

これでも気を利かした方だと言いたげに、アントンが素っ気なく答える。

「なんだ？　私のせいだとでも言いたげだな。指示が大雑把《おおざっぱ》だと言いたいのか？　皆まで言わなくても万事心得て対応するのがお前の仕事だろう」

「もちろん至らぬ点は全て私のミスです。それを主人のせいだなんて――口が裂けても言うわけが

ありません」

そう言いながらもアントンは、大袈裟な口調と表情から、本心は真逆だとユリウスに伝えている。

ユリウスがアントンを睨みつけているうちに、次々と採用されるドレスが決まっていく。

「あ、あの。ユリウス様。いったい何着購入されるおつもりですか？」

クラウディアが不安そうに鏡越しに尋ねた。

ユリウスも、女性は男性の何倍もドレスが必要なことくらい知っている。

「よくそれで『豪遊していた』などと言われたものだな。男の私だって、いつも十着単位で仕立てているぞ」

ユリウスは小さく独り言を言ってから、店主に向かって指示した。

「店主！　この店にあるもので、その令嬢に似合うものは全てもらおう。出し惜しみせぬことだな」

「は、はいっ！　ほらっ。お前たち。店に出していないものも見てきなさい！」

ユリウスの返事に、「ええ⁈」と驚いているクラウディアへ、彼が更に畳み掛ける。

「店主の判断とは別に、そなたが気に入ったものがあれば言うといい」

「え。そんな。私は別に」

「ぜひ、おっしゃってください！　私が勝手に選《え》り好みしておりますので、お好きなものがあればお声をかけてくださいませ」

興奮している店主が、「何とぞ」と拝むようにクラウディアに懇願する。

「は、はい」

店主に圧倒されたクラウディアは、申し訳程度にドレスを一着手に取った。

「では。これを」

それはデザインと色が地味だと、クラウディアの体に当てもせずに店主が不採用にしたドレスだった。

「……確かに。お嬢様の、明け方にたなびく薄紫の雲のような柔らかい髪と薄桃色の瞳には、この上品な淡いベージュのお色がお似合いですね。うん。こちらはお袖を通してみられては？　ぜひ、試着なさってください」

クラウディアは女性店員二人に隣の部屋に連れて行かれた。


しばらくしてドアが開いた。

ベージュのドレスを着たクラウディアは、髪も結ってもらっていた。

店主が見惚《みと》れたように、「いやはや。なんとお美しい」と讃《たた》える。

ユリウスは一目見ると思わず立ち上がった。

「今、初めてそなたを見た気がする……」

「え？　ええと？」

「い、いや。なんでもない」

「コホン」とわざとらしく咳払《せきばら》いをすると、ユリウスはクラウディアから視線を外して店主をきっと睨んだ。

「この令嬢が手に取ったものは全部もらおう。明日までにサイズを直してくれ」

「か、かしこまりました」

「今着ているドレスに合う靴とバッグを揃えてくれ。これはこのままもらっていく」

「はい！　ただいま」

アントンが支払いを済ませているうちに、ユリウスとクラウディアは一足先に店を出た。

クラウディアの姿は通りを行き交う人の目も引いたらしく、すれ違いざまに、「あら、お綺麗《きれい》な方」などと言われる。

ユリウスもまんざらではなく、すぐには馬車に乗らなかった。


少し離れたところで、そんな二人を目撃して固まっている女性がいた。

（どうして？　なんなのあれは？）

メラニーは、自分が目にしている光景を、すぐには理解できなかった。

美しく着飾った義姉と、優しい眼差《まなざ》しのユリウス。

どちらもメラニーには想像がつかないものだった。

パーティー会場で心ない言葉をかけたユリウス。後から冷酷なだけでなく女性嫌いなのだと聞かされて、そのせいだと自分を慰めていたのに。

その彼が、どうしてクラウディアをそんな表情で見ているのか。

どう見ても偽りの笑顔ではない。本物の優しい笑顔だった。

「こんなのおかしいわ。どうかしている。あのクラウディアが幸せそうに笑っているなんて。幸せそうに！　あのユリウス様の横で！　どうして！」

メラニーの体の内に、ドス黒い感情が湧き上がった。

「平民の分際で！　身の程を教えてやらなくっちゃ」

『たまたま裕福な公爵家に生まれただけ。そんな運だけでつかんだ幸せなど、すぐになくなる。そもそもそんな人間に幸せになる資格はない。幸せになんてなれない』

そう唱え続ける母親の言葉を聞いて育ったメラニーは、クラウディアが幸せになることはないのだと心の底から信じていた。

メラニー自身は幸せになるために、美貌に磨きをかけ、表情ひとつ、言葉ひとつにも神経を行き渡らせてきたのだ。

母親から学んだ手練手管で、ようやくフランツ殿下の心をつかんだというのに。

幸せになることなんかないはずのクラウディアが、自分よりも幸せそうに微笑《ほほえ》んでいるのはおかしい。

「そうよ。こんなの間違っているわ。殿下のお力で、なんとかしてもらわなくっちゃ」

だが当のフランツは、ハイマン国王の指示によって既に面会人を著しく制限されていた。もちろんそのことを、メラニーは知るよしもなかった。

＊＊＊

馬車に乗り込んだユリウスは心なしか緊張した様子で、窓の外ばかり見てクラウディアの方を見ようともしない。

アントンはそんなユリウスを愉快そうに見守っている。

クラウディアは気掛かりなことがあり、二人のことなど目に入らない。

三者三様に、馬車の中で黙りこくっていた。

目的地が近づくとアントンが口を開いた。

「最初の訪問先のアイズリー商事は、あの角を曲がったところです」

いよいよなのだと思うと、クラウディアは体をこわばらせた。そして不安げな面持ちでユリウスに尋ねた。

「……あの。本当に私なんかが顔を出して大丈夫なのでしょうか。醜聞にまみれた私の名前を聞けば、皆さん、あの事件を思い出すはずです」

「そんなことを気にしていたのか。案ずることはない。事前に水を向けて感触の良いところを厳選している。これから訪問する商人たちは、皆、話のわかる者たちだ」

「確かにインスブルック家やリンツ商会がらみと聞くと、及び腰になる商人も少なからずいましたけどね。そういう微妙なところへは私が訪問することになっています」

「やっとこちらを向きましたね」と言わんばかりの顔でアントンがそう言い添えてから、「アイズリー氏とモーリッツ様は大変懇意にされていたと伺いましたが？」と、クラウディアに微笑みかけた。

「……あ！」

クラウディアは、ヒゲモジャのずんぐりむっくりした体形の男性を思い出した。

父親が亡くなるまでは、彼の商会に父親と一緒に定期的に訪れていたではないか。

「アイズリーさん……」

「ええ。クラウディア様にぜひお目にかかりたいとおっしゃっていました」

事実、アイズリーは朝からずっと店頭に立ち、クラウディアたちがやって来るのを今か今かと待っていた。

店の前にシュテファン家の馬車が止まると、使用人がずらりと並んで出迎えた。

アイズリー自ら、馬車を降りるクラウディアの手をとった。

「お懐かしゅうございます。クラウディア様。お元気そうで何よりです。皆、心配しておりました」

「アイズリーさん。こちらこそ、随分とご無沙汰しています」

続いて降りたユリウスに丁重に挨拶《あいさつ》をしたアイズリーは、彼の私室に三人を通した。

「ここへは店の者も寄り付きませんから」

アイズリーは内密の話をするため、あらかじめ人払いをしておいたそうだ。

全員がソファーに座り一息ついたところで、アイズリーがしみじみと言った。

「この度はとんだ災難でしたね」

クラウディアがなんと答えたらよいのかわからず困っていると、ユリウスがピシャリと言った。

「あれは国王陛下の不在を狙っての茶番にすぎない。陛下のためにも真実を明るみに出し、冤罪《えんざい》を晴らす必要がある。そのためにも貴殿にはぜひ、協力していただきたい」

「もちろんです。私でお役に立てることでしたら何なりとお申し付けください」

ユリウスが、「助かる」と礼を言うと、後はアントンが引き継いだ。

「では。あらかじめお願いしていた取引記録ですが」

「はい。こちらに用意してございます。当社がリンツ商会から仕入れて販売したリストになります。念のため、モーリッツ様との取引も含めた過去五年分を用意いたしました」

アイズリーは立ち上がると壁際のテーブルの側《そば》に行った。テーブルには書類の山が二つあった。

「それから。内輪の情報もご参考になればと、この二年間で交易品の取引を停止された商人仲間のリストも作らせておきました。お役に立てばよいのですが」

「これはこれは。ご配慮痛みいります。それにしても、本当に持ち出してよろしいのですか?」

「なあに。特に王宮から監査が入るわけでもありませんし。必要なだけお持ちいただいて構いません」

アントンは枚数を数えながら、書き写すのに必要な時間をざっと計算した。シュテファン公爵に数字に強い人間の手配を依頼しているので、十人も集まれば一両日でできるとふんだ。

一番規模の大きなアイズリー商事でこれくらいならば、残り十商会も一週間とかからないだろう。

「アイズリーさん。本当になんとお礼を申し上げたらよいのか。ありがとうございます」

クラウディアは立ち上がって深々と頭を下げた。

「そんな！　勿体《もったい》ない。どうか頭をお上げください、クラウディア様。私たち商人は皆、リンツ商会のやり方に思うところはあったのです。ですが、商売のために不満を押し殺して取引をしてきました。急激な取引量の増大や価格の高騰など、不審な点はたくさんありました。もっと早く私たちが声を上げてさえいればと、今でも悔やまれるのです。ですから、これは私たちの償いでもあるのです」

ユリウスも立ち上がるとアイズリーの隣に立った。

「その覚悟を聞けてよかった。証拠が揃えば再審請求を行うつもりだ。証拠を元に公平な判断をしていただけるならよいのだが。万が一の場合、貴殿に証人として裁判に出廷していただくことは可能だろうか？」

「ええ。戦うと決めましたから。必要な時にはお声がけください」

「承知した」

ユリウスは、しばらくはシュテファン邸に滞在している旨を伝えて、涙ぐむクラウディアを連れてアイズリー商事を後にした。

その後訪れたところは、どこも過去五年分の資料を用意していた。どうやら商人たちは申し合わせていたらしい。

そして皆、喜んで証人になると約束してくれたのだった。


帰りの馬車では、アントンが上機嫌だった。

「いやあ。五年分も見せていただけるとは思いませんでした。でもそのお陰で、お借りした帳簿とクラウディア様の書き起こした帳簿を照合すれば、クラウディア様の記憶の確かさも検証できますね」

クラウディアが不安な表情を見せると、

「いえね。『覚えているなんて嘘《うそ》に決まっている！』なんて、ぬかす輩《やから》はたくさんいるんですよ。そういう者たちを黙らせるためにも、証拠はいくらあってもいいんです」

と、なぜかアントンが胸を張った。


初日は三人で大口の取引先を三件回り、残りの八商会はアントンが二日かけて回った。

体力面や適材適所ということもあり、クラウディアは二日目以降、シュテファン邸で中断していた帳簿作成作業に没頭することになった。

加えて納税に関する書類を参照したい旨、ユリウスがよくよく吟味しながらしたためた書状は、シュテファン公爵の執事の手によって王宮のしかるべき役人に届けられた。

＊＊＊

おそらくハイマン国王が手を回していたのだろう。ユリウスたちの予想に反して、納税に関する書類は翌日にはシュテファン邸に届けられた。

王宮に人をやって書き写すつもりだったユリウスは、原本が王宮から届けられたことに驚きながらも、国庫の記録をむさぼるように読み進めた。

ユリウスとアントンは、書き写された側から帳簿を広げては、直近二年分の納税額の資料と突き合わせ、辻褄《つじつま》の合わないところを拾い上げていった。

「なんだこれは。おかしいなんてもんじゃないぞ」

「こちらもご覧ください。この商品はアイズリー商事だけが扱っているのですが、インスブルック家の納税資料の明細では、アイズリー商事の帳簿の二分の一の数字になっています」

「これは全部を洗い出すなど無理だな。そこに時間をかけるよりは、精査が必要だとわかる資料を作成して、あとは王宮の役人たちにやらせた方がいいな」

「そうですね。本来はあちらの仕事ですしね」

とうとう尻尾をつかんだぞと、ユリウスの青い瞳が光った。

「後は、馬鹿《ばか》な殿下にでもわかるように、矛盾点を解説した資料でも作るか」

忙しい彼らに負けじとクラウディアが根を詰めていたので、とうとうマリント本人が部屋までやって来て彼女に休憩するよう頼んだ。

「ちび姫。ちゃんと休憩をせねば、私がユリウス様に叱られるのでな。下で一緒にお茶に付き合ってくれんか」

「はい」

クラウディアもマリントに誘われれば断れない。

執事が運んできたお茶からは、蜂蜜の甘い香りが漂っている。

「ちび姫はグラーツ領が気に入ったらしいが、それはあのユリウス様も含めてかな？　あれは良い青年だ」

「ええと。え？」

クラウディアが目をパチパチさせると、「ははは。ちび姫にはまだ早かったか。すまんな」と笑われた。

「だが、ちび姫のためにここまで尽くしてくれているのだ。ユリウス様は冷酷どころか、熱い情熱の持ち主と見える。まあ近くにいたなら、ちび姫の方が詳しいかな。仕事ぶりはさすがとしか言いようがないが、ちび姫には優しく接しているようで安心した」

「ユリウス様がお優しいのは確かですが、私は叱られてばかりなんです。すぐに謝る癖がついてしまって。それをユリウス様はものすごく嫌がられて。あと、意気地のないところも自信のないところも、とにかく私はユリウス様を怒らせてばかりなんです」

そう言ってうつむいてしまうクラウディアに、「おやおや」と、マリントと執事は顔を見合わせた。

夕食のために、クラウディアはドレスメーカーから届けられたばかりのドレスに着替えた。

先にダイニングに来ていたユリウスと目が合うと、なぜか目を逸《そ》らされた。

クラウディアが着席すると、ユリウスがぼそっとつぶやいた。

「髪飾りをつけておらんな」

「え？」

マリントはニコニコと微笑んで成り行きを見守っている。いつものようにアントンが言葉を足した。

「購入したドレス一式が届いたと聞きましたからね。美しく着飾ったクラウディア様を見ることができると、ユリウス様は期待していらっしゃったのですよ」

「え？」

ユリウスは憮然《ぶぜん》とした表情で、「シュテファン公爵に対して無礼だと言いたかったのだ」と言い訳をする。

「は！　申し訳――」

クラウディアがそう言いかけた時、ユリウスの瞳が光った気がした。

「あ、いえ。気をつけます。じい様。明日はきちんと支度して参りますので、どうか今日のところはお許しください」

「よいよい。こちらがつけた侍女もいたらなんだ。すまんな」

「よかったですね。ユリウス様。明日が楽しみですね！　さ、いただきましょう！」

わざと空気を読まないアントンのお陰で、なんとかディナーは始まったのだった。

＊＊＊

クラウディアは八日かけて残りの二年分の帳簿を復元させた。

出来上がった三年前から五年前までの三年間分の内容は、商人たちの帳簿とも国庫の納税記録とも完全に合致していた。

そして、クラウディアが作成した過去分の帳簿との比較から、リンツ商会を通したインスブルック家の直近二年間の交易事業の納税額が、異常な伸びを示していることが判明した。おまけにその納税額は、商人たちとの取引額と大きく乖離《かいり》していた——。

再審の申し立てに十分な証拠が揃ったのは、ユリウスたちが王都にやって来て十日目の午後のことだった。

過少申告を疑わせる証拠資料を添えた再審の申し立てと、詳細な調査を求める上申書が作成された。そしてそれらは、シュテファン老公爵を介して国王陛下に内々に届けられた。

国王陛下の名の下に、先の裁判の関係者が王宮に呼び出されたのは、ユリウスが申し立てを行った二日後だった。

これは異例の早さで、特例中の特例だった。

マリントがクラウディアの後見役を申し出たが、ユリウスが頑として譲らなかった。

ユリウスは、王命によりクラウディアを預かっている立場なのだから、自分が後見人を命じられたに等しいと主張したのだ。

マリントは苦笑しながらも、喜んでユリウスに後見人の座を譲った。


王宮に参上する日の朝。

クラウディアは鏡の中の自分に話しかけていた。

「私は幸せになる。そうよ。私は幸せになりたい……」

部屋まで迎えに来たユリウスは、開いているドアから鏡に向かってつぶやいているクラウディアを見て、思い詰めているのかと心配になった。

「大丈夫か？」

「えっ？」

思いっきり振り向いたクラウディアは、ユリウスとアントンの姿を見てカーッと顔を真っ赤にした。

「大丈夫もなにも。私にはおまじないを唱えているように聞こえましたけど？」

そう言って、アントンはクラウディアとユリウスの顔を交互に見た。

「おまじないだと？」

「こ、これはそのっ。えっと」

ユリウスに真顔で尋ねられて、クラウディアがあたふたと慌てる。

さすがにからかい過ぎたとアントンがネタバラシをした。

「そう言えば。いつぞや、ユリウス様がおっしゃっていましたっけ。『幸せになりたいのならば、まずはそう願わなければならない』と。なんだか同じセリフが聞こえた気がするのですが」

ユリウスがハッとして、

「……まさか。それでは毎日そんな風に私の言葉を唱えていたのか」

などと馬鹿正直に言うものだから、クラウディアは恥ずかしさのあまり消えてしまいたくなった。

「と、唱えるなんて。そんな」

「べ、別にそこまで顔を赤くするほどのことではないだろ」

そう言うユリウスの顔もすっかり赤くなっていて、アントンは笑いを堪えられなかった。


王宮の正門で馬車を降りたクラウディアたち一行は、彼女が判決を下されたあの日と同じ大広間へ通された。

クラウディアたちが一番乗りだったようで、大広間には他に近衛兵しかいない。

（あの日の記憶は曖昧だけど、こんなに大きな部屋だとは思わなかったわ。きっと大勢いたのね）

しばらくするとドアの向こうから、足音と共に話し声が聞こえてきた。

現れたのはゾフィーだった。青白い顔の細身の男性を下僕のように従えている。

当事者であるインスブルック家の当主として呼び出されたのだ。

ゾフィーはクラウディアに気がつくと、不機嫌な顔で全身を舐《な》め回すように見た。

「いったい何のまねかしら。よくも私たちに迷惑をかけてくれたわね。憎たらしい子！」

「……！」

クラウディアはゾフィーの顔を見ただけで、過去の自分に引き戻されてしまいそうになり、もう少しで、「申し訳ございません」と、頭を下げるところだった。


「それにしてもそんなドレスをどこで……」

真っ青な顔のクラウディアを背中に隠すようにして、ユリウスが前に出ると冷たく言い放った。

「お互い陛下の要請により参上したわけですから、静かにお待ちするべきでは？」

つい見知った顔に目がいってしまったが、ゾフィーは自分に声をかけた青年の美貌に驚愕《きょうがく》した。

男性でここまで美しい人間をゾフィーは知らなかった。

（そう言えば、メラニーがグラーツ領の領主のことを、しつこく言っていたような）

「あなたが噂《うわさ》の……」

「ゾフィー様。ここはやはりお控えになられた方が」

公爵家当主となったゾフィーにとって、王宮で、ヒューゴーから作法について耳打ちされるなど、到底我慢できることではない。

「ヒューゴー！　あなたは事務的なことを聞かれた時のためにいるにすぎないのよ！　私に助言なんて何様のつもり！」

ヒューゴーはすぐさまひざまずいて頭を垂れた。

「申し訳ございません。私のような卑しい者が口にしてよい言葉ではありませんでした。どうかどうかお許しくださいませ」

「ふん。わかればいいのよ」


――申し訳ございません。


クラウディアは、反射的に口先だけで謝罪するヒューゴーを見て、スーっと感情が冷めていった。

(私もあんな風だったのね)

ゾフィーの機嫌がこれ以上悪化するのを防ぐため。

決して逆らわないと忠誠を示すため。

ヒューゴーもきっと同じなのだ。「申し訳ございません」と自分のために唱えているのだ。

(ユリウス様のお気持ちがわかった気がする。これっぽっちも心がこもっていないことが丸見えだもの。お義母様は気づかないどころか、満足げなご様子だけど……)

沈黙の中、無駄話はさせないと鋭い眼差しで牽制《けんせい》するユリウスと、ツンと顎を上げて傲慢《ごうまん》な態度のゾフィー。

両者は睨み合ったまま互いに一歩も引かなかった。

鳴り物が響き、ハイマン国王の入室を伝える。

ドアが開かれると、ハイマンが従者を伴って入室し、玉座に座った。

あの日判決を下したフランツの姿はない。

「双方、揃っておるな」

重々しい声に、部屋にいた全員が頭を垂れる。

「我が国の交易事業に係る横領事件について、グラーツ公爵より、新たな証拠提出と再審の請求があった。証拠を検討した結果、妥当であると判断した。よって、ここにクラウディア・インスブルック元公爵令嬢が裁かれた事件の再審を行うことを宣言する」

ゾフィーがポカンとした顔で、「は？」と漏らした。

その横で、「恐れながら」と、大胆にもヒューゴーが口を開いた。

「ふむ。なんだ。申してみよ」

「はい。陛下。私の知る限りゾフィー様は、グラーツ公爵からなんの相談も受けられておりません。交易事業はインスブルック家が独占的に許可されている事業でございます。ゾフィー様の協力なしに、新たな証拠とやらが出てくるものでしょうか？」

「陛下。発言をお許しいただけますでしょうか」

「許す」

ユリウスも負けじと反論した。

「己が罪を問われる可能性があると知りながら、インスブルック家が証拠集めに協力するとは考えられませんでした。何しろ、先の裁判では証拠を提出されていないようでしたし。ですので、証拠集めには、インスブルック家と取引をしている商会に協力いただいた次第です。商売というのは、買い方と売り方の双方が金額を記載しておるものですから。此度《こたび》の証拠は、再審の可否を問うために提出したものでございます。交易事業における横領や脱税についての事件に関しては、インスブルック家に、帳簿等の証拠を速やかに提出する義務があると存じます」

「な、な――」

ゾフィーは目を見開いたまま、今にも失神しそうになっていた。

「グラーツ公爵の言う通りだ」

ハイマンは、ゾフィーやヒューゴーを一顧だにせず続けた。

「王宮でも調査したところ、モーリッツの死後、クラウディアは交易事業に一切関わっていなかったことが判明した。ゾフィー・インスブルックにより、そこのリンツ商会に委託されていることもわかっておる。横領と脱税が事実であるならば、ゾフィー・インスブルックとリンツ商会が責を負うべきである。前回の裁判で、そなたらが申告した脱税額についても改めて精査を致すゆえ、帳簿を速やかに提出せよ」

ヒューゴーは恐れ入るといった風にうつむいているため、その表情は窺《うかが》い知れないが、ゾフィーは反対に顔を上げて口をパクパクと動かし、何かを訴えようとしていた。

「――よって、再審の結果が出るまでは先の判決を取り消し、クラウディア・インスブルックの権利を回復させる。ゾフィー・インスブルックとリンツ商会は、王宮から派遣する調査隊に全面的に協力せよ。よいな。本日は以上だ。追って連絡あるまで神妙にいたせ」

ハイマンはそれだけ伝えると、誰とも視線を合わせずに去った。

ゾフィーは息の吸い方を忘れたように喉元を押さえて真っ青になっている。

大広間の扉が閉まると、「なんですってー！」と、ゾフィーが大きな声を上げた。

「い、今のはどういう意味なの？　陛下が私の名前を――まるで犯罪者のようにおっしゃった。嘘でしょう？　どうして？」

ヒューゴーはゾフィーに言葉をかけることなく、今後の対応について、ひとり思案を巡らせていた。

（……全く。あいつがグラーツ領でしくじるとはな。そのせいで面倒なことになったものだ。さて。どう対処するか）


先にゾフィーらが部屋を出ていき、少し間を置いてユリウスたちが出た。

ハイマンの前では存在感を消していたアントンが、息を吹き返したように明るい表情でユリウスの横を歩いている。

ユリウスは、自分たちの後ろを歩くクラウディアに聞こえないよう注意しながら、アントンに話しかけた。

「あの女の頭を見たか？」

「ええもちろん。敵を知ることは重要ですからね」

「あれに気がついたか？　これ見よがしに大きなルビーの飾りを付けていた。陛下の前に出るからと、一番大きな宝石を付けてきたに違いない。アントン。あれよりも大きな宝石を見つけてこい。いや――あれよりも大きな宝石を全部買い占めてこい」

「まさかとは思いますが。インスブルック家の母娘が入手できないようにするためですか？」

「ああそうだ」

アントンは前を向いたまま、視線だけを一瞬ユリウスに向けて、ぼそっとこぼした。

「うわあ。とうとうそこまで。うーん。タガが外れましたか」

「何だと？」

「いえ何も。なんで聞こえるかな……。まあ、遅かれ早かれこうなることはわかっていましたけどね」

「は？」

「最初から予感がしていましたからね。まあそれが確信に変わったのは、皆が寝静まった夜に、二人してこそこそとお出かけされるのを見た時ですけど」

「……なっ。お、お前」

絶句するユリウス。

「ああ、いえ。独り言です」

一方、先に王宮を出たゾフィーは、馬車に乗り込むや崩れ落ちた。

馬車が走り始めると、ぐったりとしたゾフィーにヒューゴーが切り出す。

「ゾフィー様。インスブルック家で保管されていることになっている帳簿を処分する必要があります」

「なんですって⁈」

「馬鹿正直に提出などすれば、今度はこちらがおとしめられ有罪を言い渡されることでしょう。そうならないためには、帳簿を提出できない状況にするほかありません。もちろん、あくまでも不可抗力だと申し開きができる状況に、です」

「何を言っているの。わかるように話してちょうだい！」

ゾフィーは体を起こして、向かいのヒューゴーを睨《ね》め付けた。

「陛下の態度をどう思われますか？　あれはまるで、我々に対する宣戦布告のようだったではありませんか」

「馬鹿馬鹿しい。陛下はお優しいから、あの子に同情されているんでしょう」

「ゾフィー様。甘い見通しほど、それが崩れた時には、もう手の施しようがなくなっているものでございます。覚悟を決めていただかなければ、ゾフィー様もメラニー様もただでは済まされません」

「な、何よ。どうして？　それに、帳簿ならあなたが管理しているじゃないの」

「そのことについては前にも申し上げた通り、表向きはインスブルック家で管理していることになっているのです。リンツ商会は、インスブルック家から依頼された仕事を請け負っているにすぎないという建て付けなのですから。それを忘れていただいては困ります」

「待ってちょうだい。それじゃあ――」

「なに、ご心配には及びません。どうか私の言う通りになさってください。うちの商会では、万が一当局の手入れがあってもいいように、常日頃から二重帳簿を作成済みですので。インスブルック家が保管していた帳簿がなくなれば、リンツ商会の裏帳簿を写しの帳簿だと言って提出すればよいのです」

「その裏帳簿の数字が、前回、クラウディアが横領したと告発した額になっているのね？」

「おっしゃる通りです。これで辻褄があいます。お屋敷に戻られましたら、宝石類などの貴重品をお持ちになってお出かけください」

「出かける？　なんのために？　いったいどこへ行けって言うの？」

「覚悟が必要なのです。私もゾフィー様も」

そう言い切ったヒューゴーの顔は、まるで悪魔が取り憑《つ》いたような醜さで、ゾフィーはぞくりと悪寒が走った。

「わ、わかったわ。郊外の別荘にしばらく移ることにするわ。全部済んだら連絡をよこしなさい」

顔を背けてゾフィーは強がった。

「承知いたしました」

ニヤリと唇の端を吊り上げたヒューゴーの顔を、ゾフィーは怖くて見られなかった。

＊＊＊

クラウディアたちを乗せた馬車は、途中、高級店が立ち並ぶ辺りで、ぐちぐち言っているアントンを下ろしてからシュテファン邸に向かった。

ユリウスとクラウディアがシュテファン邸に戻ると、マリントが出迎えに立っていた。

ユリウスが誇らしげに告げる。

「ただいま戻りました。クラウディア・インスブルック公爵令嬢と一緒に」

「ああ！　では！」

「ええ。再審が認められました。そして、その結果が出るまでは、『先の判決を取り消す』とのことでした」

「……なんと。ああ。よかった」

マリントはしみじみとユリウスの言葉を噛《か》み締めた。目にはうっすら涙が滲《にじ》んでいる。

「じい様。ご心配をおかけしました」

「ユリウス様のおかげだな」

「はい。本当に」

クラウディアはそう言うと、ユリウスの方に向き直って改めて礼を言った。

「本当にありがとうございました。ユリウス様」

「あ、ああ。」

「……？」

ユリウスは、クラウディアに弾《はじ》けるような笑顔で礼を言われ、なぜだか返事が少しぶっきらぼうになってしまった。

微妙な空気が流れたところへ、執事が、「お茶の用意ができております」と伝えにやって来た。

応接室には、アフタヌーンティーが用意されていた。

三段のスタンドに、サンドイッチやスコーン、ケーキ類がふんだんに盛られている。

「ではちび姫。いや、もうクラウディア嬢とお呼びすべきかな」

「そんな。じい様には『ちび姫』のままでいてほしいです」

「ほう。それでは私は『オオカミじい様』のままかな？」

「はい。そうです。うふふふ」

二人の仲睦《むつ》まじい様子に、ユリウスはわざとらしく、「コホン」と咳払いをして話の腰を折った。

「その。『オオカミじい様』とはどういう意味なのか知りたいのだが」

マリントと顔を見合わせたクラウディアは、「ふふふ」と笑いながら話し始めた。

「ここに遊びに来ていた頃は、毎日が楽しくて楽しくて。日が暮れる前に戻ると約束していながら、いつも日が暮れてから戻っていたんです。そしたらある日、玄関にたどり着く前に、『ワオーーン！』と狼《おおかみ》の遠吠《とおぼ》えが聞こえて。私は震えながら屋敷に駆け込んだんです」

その時の恐怖を思い出したかのように、クラウディアは大袈裟に身震いさせて笑った。

「お父様に、『狼が出た』と言うと、『約束を守らない人間を食べる狼がいる』とおっしゃって。それからは約束を守ってちゃんと日が暮れる前に帰るようになったんです。でもある日、またうっかり日が暮れるまで遊んでしまって。急いで戻ったんですけど、また玄関の前で『ワオーーン！』と聞こえて」

「ははは」

堪えきれずマリントが笑いだす。

「私、もう食べられちゃうんだって観念したんです。でも、もし見逃してもらえるなら、今度こそちゃんと約束を守る人間になると言いたくて、狼を探したんです」

「は？　狼を？」

ユリウスが、「正気か？」とクラウディアを見たが、彼女はニコニコと続きを話した。

「玄関じゃなく、遠吠えのする方へ走ったんです。そしたら――」

「そしたら？」

ユリウスは、クラウディアの子どもの頃の思い出話に聞き入ってしまった。

「狼の正体はマリント様だったんです。私、驚いてしまって」

「あの時は参ったな。怖がって逃げるものだとばかり思っていたから。私の方こそ驚いたよ」

「マリント様は真面目な顔でおっしゃったんです。『この秘密を漏らしたら本当に食べちゃうぞ』って」

子どもにそのようなことを言うとは、と、呆《あき》れた顔でユリウスがマリントを見た。

「『シュテファン家は狼の血筋だから、日が暮れて外に出ていると狼に変身するんだ』と言われて。私、お父様にも言えなくて。本当に怖かったんです」

「少しふざけすぎではありませんか？」

真面目なユリウスは少しだけ憤慨していた。

「ああ。それは今でも後悔している。次の日、ちび姫があまりに憔悴《しょうすい》した様子で下におりてきたものだから、それはそれは慌てたな。歳をとって変身する力が消えたと言い訳をしたんだった」

「そうです！　それでやっとお父様にも全部お話しすることができて。だから正確には、狼だったじい様、なんです」

「ああそうだった。私はこれでも、ちび姫に、『オオカミじい様』と呼ばれる度に良心がうずいていたんだよ」

「え？」

「ははは。気にしなくてよい。すこーしだけだからな」

「ひどーい！」

「あははは」

クラウディアが、こんな風に他愛《たあい》もない話をしているところを初めて見たユリウスだった。

父親が健在ならば、彼女はずっとこんな風に幸せに過ごしていたはずなのだ。

自分の庇護《ひご》下《か》にあるうちは、この笑顔を消させはしない。ユリウスは静かにそう誓った。

ノックをして執事が入ってきた。

「ユリウス様。ヨハン殿がお見えになられまして。至急ご報告したいことがおありとのことですが」

腰を上げようとしたユリウスを、マリントが、「よいよい」と制した。

「私とちび姫は思い出話が尽きぬので、少しその辺を歩いてくるとしよう。よいかな？」

「はい。喜んでお供いたします。では、ユリウス様」

「ああ」

マリントとクラウディアが出ていくと、興奮収まらぬ様子のヨハンが飛び込んできた。

「落ち着け。アントンは不在だが先に聞こう」

「はい。例の――クラウディア様を海に突き落とした男を見つけました」

「本当か！」

あの日、グラーツ領を出てからも尾行させていたのだが、男はリンツ商会やインスブルック家には立ち寄らず、接点を見つけられずじまいだった。

そして数日後、ヨハンたちは不慣れな王都で男を見失ってしまったのだ。

男の人相はアントンやヨハンをはじめ大勢が覚えているため、その気になればすぐに見つけられるだろうと、ユリウスは焦《あせ》らず時を待つことにした。

そして王都に乗り込むと決めた時から、リンツ商会に潜入中のヨハンの他に、三人の別働隊に捜索させていたのだ。

「ようやくか。今度こそ見失うなよ」

「はい。シュテファン家からも腕に覚えのある者をお借りしていますから。交代しながら常に三人で見張る手筈《てはず》になっています」

「よし。そちらは動きがあるまでは、ひとまずそれでよい。お前はリンツ商会に戻れ」

「あ。大丈夫です。母親が病気だと言って、三日間の休暇をもらってきましたから」
「そうか。ならば休めるうちに休んでおけ」
「はい」
（徐々にカードが揃いつつある――。あとはカードを切り損ねないようにするだけだ）

クラウディアとマリントが散歩を終えて屋敷に戻ると、応接室では、アントンがユリウスに絡《から》んでいた。

澄ました顔のユリウスに見せつけるように、わざとらしく「ふうふう」と、大仕事をしてきたように汗を拭ってみせている。

どうみても汗をかいた様子はないのに。

「ああ。クラウディア様。ちょうどよかった。少しよろしいでしょうか。お部屋でお話をしたいのですが」
「ここでよいだろう」

ユリウスは、アントンがクラウディアと部屋で二人になることを却下した。

「ええ？　ここではまずいのでは？」
「何がまずいのだ」
「ふっふーん」と目尻を下げたアントンを見たユリウスは、本当にまずいことを喋ろうとしていると察して何かを言いかけたが手遅れだった。

「では、こちらへ運んでくださーい！」

アントンの合図で、シュテファン家の使用人たちがリボンで飾られた多くの箱を運び込んできた。

「……な。これは」

箱の中身を察したらしいユリウスが慌てるのも構わず、アントンは仰々しくお辞儀をすると、クラウディアに向かって高らかに発表した。

「これら全て、我が主人より、クラウディア様への贈り物でございます」

「こ、この……」

珍しくユリウスが口ごもっている。

察しの良いマリントは、素知らぬふりをしている。

「あ、あの。これは」

事情を呑《の》み込めないクラウディアに、「はいどうぞ」と、アントンが一番大きな箱を渡した。

「せめて一つくらい開けてみていただけないでしょうか？」

「あの。ユリウス様……？」

ユリウスは助けを求めるクラウディアの顔を見ずに、ひたすらアントンを睨みつけている。

「さあ、どうぞ！」

アントンに勧められるがまま、クラウディアはリボンをほどき箱を開けた。

「まあ！」

思わず感嘆の声が上がってしまうほど、箱の中には大きな宝石が入っていた。

「いかがです？　我が国では珍しいサファイアです。おそらく交易品の中でも最大級で最上級の代物です」

「そんな貴重な品……」

「とてもいただけません」と突き返そうとするクラウディアの手を押し返して、

「ユリウス様のお気持ちですから。どうかお納めください」

と、アントンは譲らない。

「気持ち？　それは、再審が認められたお祝いということですか？」

「え？　あー。まあ。そんなところですか……ね？」

アントンが、「どうします？　そういうことにしておいていいのですか？」と、表情だけでユリウスに伺いを立てた。

見かねたマリントが、

「いやあ、実に見事な細工ですな。ふむ。今日のディナーが楽しみですな」

とその場を丸くおさめた。


ディナーの席で、サファイアの髪飾りをつけたクラウディアが、ユリウスやマリントに褒め称えられ、和やかに満ち足りた時を過ごしていた頃。

留守を任された使用人が数人残っているだけのインスブルック邸に、忍び込む人影があった。

第七章　再審の行くえ

夜が更けると、監視対象の男とその仲間の男たちが、大きな荷物を馬車に積み込み出発したため、見張っていた者たちも気配を消して馬で後を追った。

対象者の乗る馬車がインスブルック家の敷地内に堂々と入って行ったのを見て、連絡係が一人、シュテファン邸へ戻ってきた。

知らせを聞いたユリウスは連絡係を休ませ、代わりにヨハンを交代要員として遣わした。


しばらくすると、顔を黒く汚したヨハンが帰ってきた。

その項垂《うなだ》れた表情から、ユリウスはよくない知らせだと覚悟した。

「ユリウス様。申し訳ございません。力及ばず——。いえ、見ているだけで何もできませんでした。くぅ……！」

アントンはヨハンに水を飲ませて、ひとまず落ち着かせてから話をさせた。

「あの男が馬車に何かを積んでインスブルック邸に侵入したのを見て、見張っていた者たちは皆、仲間への届け物だと思ったそうなのです。オレがインスブルック家に着いたのは、奴《やつ》らが裏口からこそこそと侵入した後でした。つなぎの仲間がいないのはおかしいと話していたら——」

ヨハンはとうとう涙をこぼした。

「灯りが見えたんです。最初は使用人が燭台《しょくだい》を持って様子を見にきたのかと思いました。でも違いました。火でした。火が上がったんです。あれよあれよという間に燃え広がって、窓という窓が割れて屋敷全体が炎に包まれて――」

ヨハンは歯を食いしばって涙を拭った。

「奴らは馬車に駆け込むと振り返りもせずに一目散に逃げて行きました。そいつらは三人が馬で追っていますから、何かあれば連絡が入るはずです。オレは逃げ遅れた者がいやしないかと思って声をかけて回ったんですが、それらしい人影はありませんでした。多分、火をつけることを知っていて、本館に住んでいた母娘や使用人たちはあらかじめどこかに避難していたんでしょう。別館の建物の方からは、留守番をしていたらしい使用人が数人、火に驚いて血相を変えて外に走り出てきました」

ヨハンはもう一口水を飲んで喉を潤した。

「そこからはもうあっという間でした。バリバリと大きな音を立てて屋敷は崩れていきました。オレはただ見ていることしかできませんでした。でも、奴らはリンツ商会へ報告に向かったに違いありません！　奴らがやったことは全部見たんです。いつでも縛り上げて突き出してやることができます！」

ユリウスは途中から、屋敷が焼け落ちたことを聞かされたクラウディアのことを想像していた。彼女が、あれほど取り戻したいと切望していた屋敷が、無残な姿に変わり果てたのだ。

また泣かれるのかと思うと胸が痛んだ。

ユリウスが心ここに在らずといった様子なので、アントンがヨハンを労《ねぎら》った。

「辛《つら》い役目でしたね。クラウディア様が海に突き落とされた時も思いましたが、敵は、私たちの想像を遥《はる》かに超えて凶暴で凶悪なようです。絶対に許しません。必ず償わせます。そうですよね。ユリウス様」

「……ああ。もちろんだとも。トカゲの尻尾切りのようなことはさせぬ。首謀者を陛下の前に突き出して厳しく断罪してやる」

美しいが故に、そう固く決意したユリウスの表情は、まるで氷の彫像が炎をまとっているようだった。


インスブルック家の屋敷が焼け落ちたという報告を聞いたヒューゴーは、高笑いをしてワインをあおった。

「ふふふ。油代を出し惜しみしなくて正解だったな」

「はい。本館が無人だったおかげで、別館の使用人にも気づかれずに油を撒《ま》くことができました。あそこまで火が回れば、もはや紙切れ一つ残っていないはずです」

「全焼か。ふふふ。あっはっはっ」

ヒューゴーは、王宮で、ゴミでも見るような目を彼に向けていたユリウスを思い出していた。

あの氷像が悲嘆にくれ苦痛に歪《ゆが》むところを間近で見たかった。涙が流れるように氷像が溶け、雫《しずく》をポタポタと垂らす様をじっくり堪能したかった。

（若造め。この私をコケにしおって。思い知るがいい）


ユリウスは、クラウディアへ知らせる決心がなかなかつかなかったが、そんな彼の背中を押したのはマリントだった。

「いつかは知らせないといけないのです。隠していてもろくなことにはなりません。それに、このようなことを乗り越えていかなければ勝利はつかめないのです。ちび姫にも、大人になっていただく時が来たのです」


夜深くに応接室へ呼ばれたクラウディアは、嫌な予感を抱きながら下りてきた。

ユリウスの表情はとても険しい。

「クラウディア。気を確かに持って聞いてほしい。そなたには辛い話だが――」

「なんでしょうか？　何かあったのですか？」

ディナーの時には、ここにいる人たち全員が、あれほどにこやかだったのに――と、クラウディアは自分に注がれる悲哀に満ちた視線に怯《おび》えた。

「そなたが取り戻したいと言っていた屋敷だが。その――。火が」

「え？」

クラウディアは不吉な予感に怯え、それ以上は聞きたくないとユリウスの青い瞳をじっと見つめた。

それでも、ユリウスの言葉を止めることはできなかった。

「屋敷に火がつけられたのだ。おそらく油を撒いてから火をつけたのだろう。火の回りが早く、なす術《すべ》がなかった」

「え？　今、なんと？」

「インスブルック邸が全焼したとのことだ。すまない。こんなことになるとは――」

「……」

クラウディアは無言で、魂が抜けたようにぼんやりと視線を漂わせた。

ユリウスはショックを受けたクラウディアをひとまず休ませることにして、二階の部屋まで彼女の体を支えるようにして運んだ。

ベッドに座らせて、悲嘆にくれる薄桃色の瞳を覗《のぞ》き込む。

「クラウディア。大丈夫か？」

「……」

クラウディアは表情を失ったまま口を固く閉じている。

まだ泣き崩れてくれた方がよかった。気が済むまで泣いてほしかった。

こんな風に、精神がボロボロになる姿はとても見ていられない……。

ユリウスの方が泣きたくなった。

ユリウスはクラウディアの横に座ると、彼女の肩を抱き寄せて、優しく頭を撫《な》でて抱きしめた。

「本当に残念だ。クラウディア。そなたをこんなにも傷付けて。この報いは――必ず罪を償わせると約束する。絶対にだ」


頭が真っ白になったクラウディアは、何も考えられなかった。何も聞こえなかった。

意識がぼーっと遠のいていく。

ふと、波の音が聞こえた気がした。

岩にぶつかって砕け散っていく、あの波の音……。その時感じていた、あの温《ぬく》もり……。

ああそうだ。この温もり……。

クラウディアは、自分を包み込んでいる温もりを、その熱を、「熱い」と感じた。溢《あふ》れ出る熱が行き場を失い、密着した彼女の体に入ってくるように感じられた。

クラウディアの体を包む「熱」は、どんどん上昇していく。

「熱」を伝える両腕がユリウスのものだと理解すると、クラウディアの脳裏に、月明かりの下で二人並んで夜の海を見ていた記憶が蘇《よみがえ》った。

そうして、クラウディアはようやく正気にかえった。

と同時に、屋敷で過ごした幸せな思い出も溢れてきた。

その屋敷が焼失した……。

ぽたっぽたっと涙が溢れだすと、クラウディアは人目もはばからず、しゃくりあげて泣きはじめた。

クラウディアがやっと感情を出してくれた――。ユリウスは安堵《あんど》して彼女を抱きしめる腕に力を込めた。

そんな彼の耳に、「もう私の帰る場所がなくなった」と小さくつぶやく声が聞こえた。

その言葉にユリウスは胸を射抜かれたような痛みを感じた。

クラウディアが、泣きながらもはっきりと言った。

「……もう。私の望みは叶《かな》いません」

「そんなことを言うな」

ユリウスは少し体を離すとクラウディアの涙を指で拭った。

「家を取り戻すのが私の望みだったのです。その家がなくなってしまった……。私の帰る場所が……なくなってしまった……」

「そなたの帰る場所ならあるではないか。グラーツ領はそなたの帰る場所ではないのか?」

「ううっ。うっ。うっ」

クラウディアは嗚咽《おえつ》するばかりで、ユリウスの欲しい言葉を言ってくれない。

「私は、そなたはもうグラーツ領の人間だと思っている。私が守るべき者だと。だから、帰る場所がないなどと――そんなことは頼むから言わないでくれ。頼む……」

ユリウスは、心臓を握りつぶされたような痛みを感じながらも気丈に、なんとかクラウディアを勇気づけようと言葉を探した。

「再審に向けて王宮でも調査をしている。ここで止めてはだめだ。汚名をそそぐのだろう？　でなければ、父君に顔向けできないではないか。やるだけやるのだと、そう決めたであろう。今、そなたに投げ出されては……」

ユリウスは情けない顔を見られたくなくて、再びクラウディアを力一杯抱きしめた。

「うっ。うっ。ひっく」

「大丈夫だ。私がついている。大丈夫だ」

どのくらい経《た》ったのか、泣き疲れてクラウディアの涙は枯れたらしい。そうしてユリウスの腕の中で眠ってしまった。

ユリウスはそのままクラウディアをベッドに横たえた。

再び涙を拭ってやり、額にキスをしてから部屋を出ると、アントンが立っていた。

「眠られたようですね」

「お、お前。い、いたのか」

「ええ。ずっとここにおりましたけれども？　私にもお手伝いできることがありはしないかと思いまして」

ケロッと立ち聞きしていたことを認めたアントンが、真面目に続けた。

「証拠隠滅ですね。ここまで荒っぽい手段に出てまで帳簿を見せたくないのですから、もう自白したも同然ですね。ただ――。こちらの証拠とも納税記録とも照合ができない以上、立証は難しいと言い張るでしょうね」

廊下の燭台の暗い灯りに照らされたユリウスの顔には、復讐《ふくしゅう》を決意した底知れぬ恐ろしさが浮かんでいた。

「万が一と言っていた事態が起こったわけだな」

「ええ。こうなったらアイズリー氏をはじめ、商人の皆さんに、それぞれの帳簿の内容を証言していただくほかありませんね」

「ああ。もう一度、依頼のために訪問する必要があるな」

「では私が――」

アントンを遮って、ユリウスがぴしゃりと言った。

「いや。これは手分けなどせず、私自らが頼みにいく」

＊＊＊

翌朝、クラウディアは朝食がほとんど喉を通らなかった。

ユリウスたちが心配していることは、ひしひしと感じられたので、心配をかけないためにもちゃんと食べてみせたかったのだが、どうしても体がいうことをきかないのだ。

「クラウディア。帳簿が焼失したかどうかはわからない。だが、こうなった以上、商人たちにそれぞれの帳簿の正当性を証言してもらうつもりだ。私は今日から早速、その旨を商人たちに依頼してこようと思う」

ユリウスが、裁判での証言を依頼するために再び商人たちを訪問すると聞くと、さすがにクラウディアも嘆き悲しんでばかりはいられなかった。

（そうよ。こんなにも多くの方に協力してもらいながら、私が落ち込んでいてどうするの。やれるだけやらなくっちゃ）

「……私も。私も一緒に連れて行ってください」

「大丈夫なのか？　そなたはもう少しここで休んでいればよい。私が――」

「いえ！　どうか私も行かせてください」

泣き腫らした目でそう訴えるクラウディアが痛々しかったのか、ユリウスはあえて反対しなかった。

「わかった。では一緒に行こう」

ユリウスは前回同様に、クラウディアとアントンと三人で訪問することにしてくれた。

最初の依頼先はアイズリー商事だ。

事前の連絡もないまま訪れたが、アイズリーはすぐに察して、前と同じ部屋に三人を通した。

「この度はとんだことで。昨夜の火事についてはすでに王都で噂《うわさ》になっています。本当になんと申し上げたらよいか」

ユリウスは余計なことは言わなかった。

「やはり、証言をしていただくほかないようだ。インスブルック家にあったはずの帳簿と貴殿らの帳簿とは対になっていたのだから。交易品に関する取引の大部分は、貴殿らの帳簿から浮かび上がってくるはずだ」

「はい。喜んで証言させていただきます。帳簿というのは、作成したことのある人間ならわかることですが、偽の帳簿を作成するにしても一朝一夕にはできません。詳細な明細と共に保存している私どもの帳簿は、ケチなどつけられない自信がございます」

アイズリーも商人としてそこだけは譲れないらしい。

「王宮の方でどこまで調査を進めていたかは知らないが、この二年での異常な取引量の増加は少し調べればつかめるはずだ。そして、それに見合うだけの納税がなされていたかどうかもな」

二人の会話を聞いていたクラウディアが、ふと思い出したようにポツリと言った。

「そういえば。昔は交易品の入出荷は年に四回でしたけど、最近は違うのですね」

アイズリーは怪訝《けげん》な表情でクラウディアを見た。

「え？　いいえ。今でもそのはずです。変わったとは聞いておりません。現に、私どもは年に四回、決まった時期に交易品を卸してもらっていますから」

クラウディアの言いたいことが理解できなかったユリウスが即座に尋ねた。

「どういうことだ？　何を言っている？」

「あ、いえ。港でニクラスさんと話していた時、我《わ》が国も他国も、交易品を載せた商船はどちらもグラーツ領の港を利用すると聞いて。あの港に停泊していた船の中に、モンパッサン国の国旗を掲げている船があったのを思い出したんです。ああこれが交易品の船かと思って、少し感慨深かったものですからよく覚えています。ただ、四月の終わりにどうして船が？　と、不思議に思ったのです。確か、他国からの入荷も我が国からの出荷も、三月、六月、九月、十二月の四回だったはずなので」

「それは妙ですね。四月に他国から船が来ていたとは。時期外れの入荷でも、交易品が届いたのならば、リンツ商会から私どもの店に卸されるはずですが……」

「アントン」

「申し訳ありません。グラーツ領では入港のおりに、正式な許可証を持っているかどうかしか確認しておりませんので。まさか船の寄港が年に四回だとは……。今、初めて聞きました」

ユリウスは顔をしかめた。

「もっと他領とも密に連絡をとっておくべきだったな。とはいえ、今はそんな反省をしていても始まらん。だが国の交易事業とは別に、リンツ商会が勝手に他国と取引をしていたと考えるのが妥当だろうな」

「なんと！　そんな恐れ多いこと……」

「やりかねない」と言う言葉を呑《の》み込んだアイズリーだった。

ユリウスは、「入港」とか「許可」などと、ぶつぶつつぶやきながらバラバラの事柄を脳内で組み立てていた。

そして、急にハッとしてアントンに指示した。

「アントン！　ニクラスに早馬を出せ。これはひょっとすると新しい突破口になるかもしれない……」

ヒューゴーが別荘にいるゾフィーを訪ねて来た。

失火で屋敷が全焼したと淡々と伝えるヒューゴーに、メラニーは怒りをぶつけた。

「なんですって！　全焼って何よ。私の部屋もなの？　まだたくさん荷物を置いていたのに。どうしてくれるのよ！　何でそんなことになったの！」

ゾフィーは、ヒューゴーの言っていた「覚悟」がこのことかと、目の前が真っ暗になった。

まさか、あの言葉の意味が、屋敷ごと帳簿を燃やすことだとは思わなかった。

それならそうと初めから言ってくれればよかったのに。いや、聞いていたらどうしていただろう。

自分に反対できただろうか。

帳簿が燃えたという事実を広めることが大切なのだ。帳簿は提出できない。致し方ない。

そうだ。これでよかったのだ。

ゾフィーは必死に自分を納得させた。

「ドレスなんて全部新調すればいいだけじゃない。気に入ったものはたくさん持ってきているでしょう」

「でもお母様！」

「私はせいせいしたわ」

そうだ。あの屋敷が燃えてせいせいした。屋敷に愛着なんかない。

「あんな古めかしい屋敷なんて燃えてしまってよかったのよ。思い通りに建て替えればいいんですもの。モーリッツは金持ちの公爵だからと期待したのに、小難しいことしか言わない男だった。私のわがままをちっとも聞いてくれなかった。『無駄遣いをするな』、『使用人に感謝しろ』だとか、うるさいったらなかったわ。私たちは貴族なのよ。分を弁《わきま》えるのは使用人たちの方でしょ。ドレスの新調も年に数回。信じられないほどケチだった。あっはっはっ。そんな嫌な思い出も、屋敷ごと消えてなくなったわ！　あっはっはっ！　あーはっはっ！」

「お、お母様……？」

突然、ヒステリックに笑い出したゾフィーを、メラニーが見知らぬ他人を見るような目で見ていた。

＊＊＊

フランツへのお目通りがやっと叶い、メラニーは久しぶりに王宮に参上した。

フランツは、メラニーと二人で会う時はいつも、庭園が見えるティールームを使用してくれる。久しぶりに通された部屋で、メラニーはすっかりお手の物となった気落ちした表情を作って、フランツが来るのを待った。

フランツは部屋に入るなりメラニーに駆け寄ると、膝をついて彼女の手を取った。

「屋敷のことは聞いた。残念だったな。だが、そなたらが別荘にいたのは幸いだ。怪我《けが》もなくて何よりだ」

メラニーはフランツの手を握り返して、ためていた大粒の涙を流した。

「クラウディアお義姉様の件で、こんなことになるなんて。きっと帳簿を揃《そろ》えようと使用人たちが夜遅くまで働いたせいですわ。あのグラーツ公爵が急《せ》かしたせいです。まさかお義姉様が、あの溶けない氷像と噂される公爵様をたらしこんだとは思えないのですが」

「ユリウスか。私も一度挨拶《あいさつ》をした程度の記憶しかないが、確かに冷徹そうな男だった」

「冷徹……。リンツ商会と取引をしている方たちを脅して回っているとお聞きしたのですが。グラーツ公爵の言う通りに証言しないと、交易品を載せた船を出航させないと脅していらっしゃるとか」

フランツは見る見るうちに顔を真っ赤にして興奮した。

「何だと！　王宮の調査隊は何をしておるのだ。妨害工作をされているのに気がついておらぬのか！　ええい！　すぐに止めさせるのだ！　その方ら、いますぐユリウスの元へ行ってまいれ！」

メラニーは両手で顔を覆った。危うく笑ってしまうところだった。

ヒューゴーの言った通りだ。

彼から言われた通りに話すと、フランツはいとも簡単にこちらの書いた筋書き通りに動いた。

（私にかかれば男はこうなるはずなのよ。なのに、どうしてグラーツ公爵は私になびかないのかしら）

言いなりのフランツを見ては、余計にユリウスのことが気になるメラニーだった。

フランツの従者が近衛兵を従えてシュテファン邸にやって来て、フランツの指示書を読み上げた。

「商人たちに証言を無理強いしていると訴えがあった。港を楯《たて》に取り、強要するとは言語道断である。

即刻やめよ」

不在のユリウスに代わり、マリントがゆるりと対応した。

「何一つ身に覚えのないことですが。私どもは陛下のご命令のもと、来る再審に備えて準備をしているだけです。それを止めよと言われましても、陛下のご命令でなければ聞けませんな。陛下の命令書を携えて来られたならば、すぐにでもご指示に従いましょう。今一度王宮へ戻られよ」

すごすごと王宮に引き返してきた従者らを、フランツが叱りつけた。

「いくら相手があの老公爵だろうと、言われるがまま戻ってどうする！　もうよいっ。そんなに欲しいのなら父上にいただくまでだ」

公爵令嬢《メラニー》に請われるがままに無茶な申し入れをして恥をかかされたフランツの噂話は、王宮内に瞬く間に広がった。

フランツがハイマンへの面会を求めていると知らせにやって来た侍従長が、ことのあらましを報告した。

「陛下。殿下がまたもや独自に動かれているご様子です」

インスブルック家が不審火で焼け落ち、帳簿を含む書類等一切が焼失し、証拠がなくなったと報告を受けたばかりだというのに。

ハイマンを悩ませる頭痛の種は、次から次へと出てくる。

「……はあ。なぜ面会人を制限されたのか。その真意を理解しておらぬな」

フランツは、自分が暴走しているという自覚がない。それどころか、正義をなそうと邁進《まいしん》していると思い込んでいる。

ハイマンはため息を漏らした。

「日程を早めるしかないようだな」

ハイマンが執務室を出た途端、フランツが歩み寄った。

「父上！　なぜ会ってくださらないのです！」

部屋の外で国王を待ち伏せするなど、いくら王太子でも許される行為ではない。それを諫《いさ》める従者がいないのも問題だ。

「このような真似《まね》をするなど、どうかしているぞ。フランツ。定められた規則や制度には意味があるのだ。何事も手続きを軽んじてはならぬ。それと、判決を下す立場の者は絶対に予断を持ってはならぬ。そなたはまずそこから始めねばならぬな」

「父上。それはどういう――」

「インスブルック家の交易事業の再審は私が担当する。そなたは関わるでない」

「そ、そんな。父上――」

ハイマンはフランツを無視して、侍従長に命じた。

「皆に至急、知らせるのだ。これ以上の妨害をされぬうちに再審を行う。明日だ。明日、皆を王宮に集めよ」

「はっ」

フランツは唇を噛《か》み締めて、遠ざかるハイマンの背中を睨《にら》みつけていた。

＊＊＊

王宮の大広間には、前日の召集にもかかわらず大勢の貴族が駆けつけていた。

玉座の前で、左右に分かれてクラウディアとゾフィーが向き合っている。

クラウディアの背中に、ユリウスがそっと手を添えていた。

クラウディアには、その手が燃えているように感じられ力が湧いてくる。そのお陰で、うつむくことなくゾフィーの顔を真《ま》っ直《す》ぐに見ることができた。

鳴り物が一際《ひときわ》大きく大広間に響くと、ドアが開いた。

「国王陛下のお出ましです」

威風堂々とハイマンが入室し、玉座に座った。

「皆の者。急な召集にもかかわらずよく来てくれた。先のクラウディア・インスブルックの裁判について、本日、新たな証拠を元に裁判を行う」

貴族たちは皆、無言で頭を下げて同意の意思を表す。

「まず初めに。インスブルック家の屋敷が全焼したことは皆も知っておるだろう。不幸な事件だ。だが、これについては不審火の疑いがあり、別途調査をしておる」

貴族たちがざわついた。

「静粛に。火事により、本件の最も重要な証拠となり得た帳簿が焼失したと、ゾフィー・インスブルックより報告があった。誠に遺憾である」

ゾフィーと、その真後ろに立っているヒューゴーは、目を伏せて恐縮している。

「よって、交易事業に関する大本の帳簿がない中で、事の真相を探らねばならなくなった。王宮の要請に応じて、インスブルック家が委託しているリンツ商会と、そのリンツ商会と交易品を取引していた商人たち双方から帳簿の提出があった。また、クラウディア・インスブルックより、当人が書き起こした三年前から五年前のインスブルック家の帳簿の提出もなされておる。まずはこれらの帳簿の正確性に関して吟味する」

「ではクラウディア・インスブルック。前へ」

「はい」

クラウディアは返事をして前に進み出た。

「そなたはモーリッツが亡くなるまで帳簿を作成していたとのことだが、膨大な量の取引を全て覚えていたと申すのか」

ユリウスが無言のまま、「大丈夫だ」という気持ちを込めてクラウディアに視線を送ってくれた。

クラウディアはその視線に対して小さく頷《うなず》くと、ハイマンにキッパリと言った。

「はい。私は一度見たものは全て記憶することができます」

クラウディアの発言を聞いた貴族たちは、「そんなことができる人間がいるのか?」「信じられない」とざわついた。

クラウディアの記憶が正しいことを信じてもらわなければ、証拠として提出した帳簿の信憑《しんぴょう》性が薄れてしまう。そう考えた彼女は、実力を披露することにした。

「陛下。吟味いただく前に、私の記憶力がいかばかりのものか、この場をお借りして、陛下並びに臨席されております皆様に披露させていただきたく存じます。少々お時間をいただけますでしょうか」

「よかろう。――して、どのように証明するのだ？」

ハイマンが面白そうに尋ねた。

「何でもよいのですが。私が一度も見たことのない書類をご用意いただけましたら、それを一読した後、諳《そら》んじてみせます」

「それは面白い。皆も異存なかろう。さて――何がよいかな？」

ハイマンの意を汲《く》んだ貴族が一人、声高に申し出た。

「陛下。そのお役目、私が仰せつかりましょう。今から私が数字を書き連ねますので、それを覚えていただくというのはいかがでしょうか。既にあるものだと、以前に見たことがあるのではないかと、疑いが残ってしまうのではないでしょうか」

「なるほどのう。クラウディア。メラノー子爵がこう申しておるが、どうだ？」

「はい。お受けいたします」

メラノーはハイマンの側《そば》で数字を書かされ、書き終えた紙は侍従長によってハイマンへ渡された。

「ほう……」

ハイマンは一瞥《いちべつ》しただけで侍従長に紙を戻した。

クラウディアの運命を左右する紙が、侍従長から彼女へと渡された。

紙にはびっしりと数字が羅列している。メラノーは几帳面《きちょうめん》な性格らしく、一行に二十ずつ数字が並んでいた。十行どころではないので、優に二百を超える数字が書かれている。

「では覚えるがよい。時間はそれほどやれぬぞ?」

「はい。大丈夫です」

そう言ってクラウディアは一心不乱に紙と向き合った。その場にいた者は皆、固唾《かたず》を呑んで彼女を見守った。広間に重い沈黙が流れた。

「そこまでだ。一通り見たであろう」

一分も経たないうちにハイマンがそう言ったため、貴族たちはざわついた。

だがクラウディアはハイマンをしっかりと見据えて、「はい」と答えた。

侍従長がクラウディアから紙を受け取り、メラノーに渡した。

「では諳んじてみせよ」

「はい。それでは始めます。八四七一二九六一一五三九二七三八五五九二四八――」

クラウディアは、一つ一つの数字をゆっくりと諳んじていく。

(大丈夫。合っている。大丈夫――)

「二――さ――」

(待って。本当に三だったかしら……?)

急に黙ったクラウディアに、貴族たちは一人、また一人と、徐々に訝《いぶか》しげな表情を浮かべていく。

ユリウスがそっとクラウディアの手を握った。

「考えなくてよいのだ。頭に浮かんだ数字を言えばよいだけだ」

「頭に浮かんだ数字……」

ユリウスの助言に従い、クラウディアは目を閉じた。そして、脳裏に浮かぶ数字を口にする。

「三――四一九六一一五三二七三八九四八――」

「そのくらいでよかろう。結果はどうであった？」

ハイマンがメラノーに尋ねた。

「はっ、はい。全て一致してございます」

「して、その数は」

「え、ええと。百六十を超えております」

貴族たちが一斉にどよめく。大広間はクラウディアを称賛する声で溢れた。

「意味のない数字だぞ⁉」

「一目見ただけで覚えてしまうとは――」

「本当だったのか」

「何て能力だ――」

クラウディアがユリウスを見ると、よくやったと目配せをしてくれた。

ユリウスは堂々とやり遂げたクラウディアに感心しながらも、ここからは自分の出番だと、貴族たちが鎮まるのを待って捕捉した。

「クラウディア嬢が作成した三年前までのインスブルック家の帳簿は、正確な複製であると言えましょう。さすれば、この帳簿と、商人たちの帳簿を突き合わせて確認いただければ、売買の記録が正確に記載されているかどうかもわかるかと存じます。また、その帳簿を元に税額を計算すれば、当時の納税額と合致することもわかるかと」

そう言ってユリウスは、ハイマンを静かに見上げた。

「いかにも。役人たちも同様の考えで検証をしたようだ。商人たちの帳簿には、物品ごとの売買明細も添えられておった。これは一朝一夕に改ざんできるものではない。各商人たちの年毎の税申告の書類とも合致しておった。クラウディアの書き起こした帳簿も同様に、三年前までのインスブルック家の税申告と完全に一致しておる。そして、商人たちの帳簿の総計とクラウディアの帳簿の額とはほぼ一致していることから、クラウディアの作成した帳簿は、三年前までの交易品の取引が正確に記載されたものだと言えよう」

ハイマンは貴族たちが話についてこられているか、その顔を見て確かめた。

大丈夫そうだと判断し、続ける。

「一方、不思議なことに、直近二年分に関しては、商人たちの帳簿を集計した結果とインスブルック家の税申告の内容が、かけ離れておるのだ。此度《こたび》の検証で初めて明らかになった事実である」

再びざわつく貴族たちを尻目に、「恐れながら」と、ヒューゴーが口を挟んだ。

「インスブルック家が保管する帳簿の原本が焼失したため、写しとして我がリンツ商会が書き残しておりました帳簿を提出してございますが、そちらを吟味いただけておりますでしょうか」

ハイマンは、チラリとヒューゴーに視線をやってから答えた。

「もちろんだとも。両者の証拠は偏りなく吟味しておる。リンツ商会の写しと称する帳簿は、直近二年分のインスブルック家の税申告の数字と合致しておった。つまり――」

ハイマンは水を一口飲んでから締めくくった。

「つまり、王都でも名だたる商人たちの帳簿がことごとく間違っているか、あるいはリンツ商会が写しと称する帳簿が間違っているのか。そのどちらかなのだ」

傍聴していた貴族たちに緊張が走る中、またもやヒューゴーが口を開いた。

「このようなことを陛下のお耳に入れるのは大変心苦しいのですが。王都では、グラーツ公爵様がくだんの商人たちに圧力をかけ、都合の良い証拠を出させて、あまつさえ証言まで強要していると噂になっております」

「ふむ。ユリウスよ。噂を鵜呑《うの》みにはせぬが、疑念を払拭せねばなるまい」

ユリウスは、「はい。陛下」と、一礼をすると、玉座の前に進み出た。

「ちょうどようございました。私どもも、商人たち本人から、その真意を述べていただこうと、証人としての出廷を依頼してございます。証言をする者につきましては、リストにして提出しております。私どもの話が嘘《うそ》偽りのないものだと、商人たちが証言してくれるものと存じます」

「ふむ」

従者がそのリストをハイマンへ渡した時だった。

突然、大広間のドアが開き、血相を変えた近衛兵らしき男性が駆け込んできた。

「何事だ。裁判の最中であるぞ」

その男はハイマンに対して深々と頭を下げてから、彼の側に控えていた侍従長に耳打ちをした。

話を聞いた侍従長が、すぐさまハイマンに報告する。

「……陛下」

「何事だ」

「実は――。どうやら――。いかがいたしましょうか……」

ハイマンが、「はあ」とため息ともつかぬ息を吐くと、静かに告げた。

「ユリウスの言った証言予定の者たちだが、出廷しておらぬようだ」

さすがのユリウスも驚愕《きょうがく》の表情を浮かべて、「なんと。今　なんと？」と、聞き返した。

ヒューゴーは一瞬だけ笑みを浮かべたが、すぐに神妙な顔つきで、ハイマンや並いる貴族たちにも聞こえるように、大きな独り言を言った。

「やはりですか。さすがに偽証は大罪ですからね。脅されても、そこまではできなかったのですね。やはり噂は真実だったようですね」

ユリウスはヒューゴーを睨みつけると、「おのれ。よくも」と、彼に向かって大股で歩み寄った。

アントンが必死にユリウスの体を押さえる中、ハイマンは愁眉《しゅうび》を寄せて言うほかなかった。

「ユリウス。証人がおらぬのでは、話にならぬ」

ゾフィーとヒューゴーは、その様子を見て密《ひそ》かに笑みを浮かべた。

「陛下。出廷しなかったということは、グラーツ公爵様に依頼された証言を拒否したということではないでしょうか。これで、どちらの言い分が正しいかおわかりいただけたものと存じます」

ヒューゴーが己の正当性を重ねて主張した。

しんと静まり返る中、何の前触れもなく大広間のドアが開いた。

「全くどうなっておる！　裁判の最中であるぞ！」

苛立《いらだ》つハイマンに恐れをなした近衛兵は、ひるみながらも報告した。

「お、恐れながら申し上げます。証言予定の証人たちが出廷しました」

「は？」とヒューゴーが、間抜けな顔で近衛兵を見た。

たくさんの足音が聞こえてきたため、貴族たちもドアの方を注視した。

大広間に入ってきたその集団は、クラウディアに味方すると約束した商人たちだった。

「国王陛下。参上が遅れてしまい申し訳ございません。我ら一同、謹んで証言させていただきます」

先頭に立ち、そう挨拶をしたのはアイズリーだった。

ヨハンが素知らぬ顔で最後に入ってきた。

ゾフィーは真っ青な顔で、「どうして？」と体を震わせ始めた。

ハイマンは落ち着き払い、すぐ側に控えていた近衛兵に指示を出した。

「そこの者。この者らが予定していた証人たちか、ひとまずリストと照合せよ」

「はっ」

近衛兵は人数を数えると、順に名前を確認していく。

ハイマンはアイズリーに尋ねた。

「――して。なぜ時間通りに参上せなんだ?」

「それにつきましては、私からご説明させていただきます」

ヨハンがユリウスの方を見ずに、まっすぐハイマンに向かって声を上げた。

「私はリンツ商会で働いておりますが、今朝、我が商会の倉庫の扉を開けたところ、なぜかここにいる商人の皆さんが閉じ込められているのを発見したのです」

ヒューゴーは混乱し、喚《わめ》くように声をあげた。

「う、嘘だ！　そんな奴、見たこともありません！　わ、私の部下だと?　はあん?」

「許可なく発言するでない！」

近衛兵の一人がヒューゴーに駆け寄り、彼の頭を床に付けた。

「私の聞き間違いではないな?　出廷予定の証人たちが、リンツ商会の倉庫に監禁されていたと申すか?」

ハイマンはヒューゴーを無視し、ヨハンに尋ねた。

「……な。いったいなぜ。あんなところに商会の人間が行くわけがない。そんな馬鹿《ばか》な」

ヒューゴーの大きな独り言を無視して、ヨハンは、はっきりと言い切った。

「はい。状況からそうなるかと。皆さんが『王宮へ出廷するよう要請されている』とおっしゃるので、取り急ぎ馬車をお貸ししました」

ハイマンは静かにヒューゴーに問うた。

「ヒューゴー。その方の商会の倉庫に証人たちが閉じ込められていたとは。いったいどう説明するのだ？」

ヒューゴーは震えて何も言えない。

「あ、それと。皆さんを拉致した犯人は、こちらで捕まえておきました」

そう言ってヨハンがドアの方に手をやると、近衛兵が一人の男性を連れて部屋に入ってきた。

両腕を後ろに回した状態で胴体をぐるぐる巻きに縛られている男は、クラウディアを海に突き落とし、インスブルック邸に火をつけた男だった。

ユリウスとアントンの表情がこわばる。

二人の代わりに、「陛下」と、穏やかな調子で話し始めたのはマリントだった。

「我が屋敷の使用人が、インスブルック家の屋敷に火をつけたと思われる男の顔を見ております。そちらの犯人は、使用人の目撃した男と人相が酷似しておりますので、後ほど面通しをさせていただけないでしょうか」

「ふむ。別件になるが、その使用人とやらに面通しをさせてみるとしよう。火付けは大罪だ。慎重に吟味せねばな」

犯人と言われた男は、「ちっ」と舌打ちをすると、ヒューゴーを顎で差して言った。

「あいつだ。俺はヒューゴーの旦那に言われて仕方なくやったんだ。仕組んだのは全部ヒューゴーの旦那なんだ。だから悪いのは俺じゃない！　あいつだ！　他にもあいつが仕組んだことを知っている。全部喋《しゃべ》るから助けてくれ！」

ヒューゴーは男と目を合わせようとしない。

「ヒューゴー。その方がいくつもの罪を犯していると聞こえたが。犯罪の教唆《きょうさ》が事実ならば、別途調査の上、全てを明らかにする。だが、まずは本件について、証人たちの証言を聞こうか」

アイズリーが深く一礼をして話し始めた。

「はい。私はアイズリー商事の代表をしております。インスブルック家のご当主様とのお付き合いは、かれこれ三十年ほどになります。その間のすべての帳簿類を提出することができます。既に提出しております直近五年分の帳簿の明細をご覧いただき、大口の取引先である名家の方にお確かめいただければ、記載の取引が事実であると判明するものと存じます。再審の申し立てにあたり、グラーツ公爵様に帳簿をお貸しいたしましたが、その数字に嘘偽りがないことを、ここに証言いたします」

アイズリーは一息で朗々と進言した。それから他の商人たちの顔を見回すと、最後に肝心なことを付け加えた。

「なお、本日ここに参りましたのは、陛下に事実をお伝えする、ただその一点のみにございます。決して誰かに強要されたからではございません。それだけは断言いたしとうございます」

「ふむ。ここに参列している者たちにも顧客がおるであろう。確認は容易に取れそうだな」

アイズリーに続き証言した全員が、彼と同じ主張をした。

「では、その方らは、リンツ商会の写しの帳簿は偽物だと言うのだな。また、クラウディア・インスブルックが提出した帳簿の数字は全て正しいと？」

「はい」

証人たちが全員、力強く返事をした。

「お、恐れながら申し上げます」

ヒューゴーが両手の拳を握って、喚くように言った。

「陛下もおっしゃいました。大本の帳簿はないのだと。物証のない中、脅されて証言をしているかもしれない者たちの証言で、国王陛下は判決を下されるのでしょうか。ここにいる商人たちは信用できません！」

ハイマンは、「はて？」と、怪訝な表情でヒューゴーに言った。

「おかしなことを言うものだ。この証人らは全員、その方と取引をしておったのだぞ。国の事業である交易事業の一端を任されておきながら、信用のできない者たちと取引をしておったなどと言うつもりではあるまいな？」

「うっ。そ、それは――」

「そんなの詭弁《きべん》だ！」

部屋の隅で控えていたフランツが、突然、口を挟んだ。

ハイマンはフランツの傍聴を許可していない。それなのに王命に逆らい部屋に忍び込んでいる。

ハイマンは、並み居る貴族たちの前で醜態を晒《さら》していることにすら気づかぬフランツに落胆した。

「……フランツ。そなたに発言を許してはおらぬ。そもそも、そなたに傍聴を許してはおらぬ」

「ですが父上。あんまりです」

「……」

沈黙するハイマンに誰も声をかけられない。そんな中、ユリウスが口を開いた。

「陛下。発言をお許しいただけますでしょうか」

「許す」

「確か先の裁判では、フランツ殿下が、『信用できる証人は、百の証拠に勝る』とおっしゃって判決を下されたとお聞いております。殿下はよもや、ご自分の発言をお忘れになったのでしょうか？」

「いや、そ、それは」

困ったフランツはゾフィーを見る。ゾフィーはブルっと震えただけで目を逸《そ》らした。

「ここにいる商人たちは、陛下の忠実な臣下である故モーリッツ・インスブルック公爵が厳選した商人たちです。たかだか二年間の実績しかないリンツ商会とは違い、長年に亘《わた》り我が国の交易に携わり、国の財政の一翼を担ってきた者たちでございます。信用できないはずがございません」

「ふん。そんなこと――」

「黙れ！」

フランツはハイマンに一喝され、言葉を失い縮こまった。

口をだすきっかけを探していたヨハンが、ここしかないと腹を決めて言った。

「陛下。たびたび申し訳ございません。リンツ商会の写しの帳簿が証拠として提出されているようなのですが、なぜかヒューゴー代表の部屋に、大切に保管されている帳簿が二冊ありました。どうやら交易事業に関する帳簿のようなのですが、写しが証拠として提出されているとすれば、これはなんなのでしょうか。お役人様に、しかと吟味していただく必要があると思い持って参りました」

「な、な、な。貴様ー！　何をするー！　私の部屋に勝手に入っただと！」

またしても勝手に発言したヒューゴーを近衛兵が押さえつける。

ヨハンから帳簿を受け取った役人は、すぐさま二冊ともに目を通した。納税を担当する役人は何日もの間、交易品に関する数字を見ていたためすぐに理解した。

「こ、これは」

ただならぬ役人の表情に、ハイマンが尋ねる。

「どうした？」

「はっ。これは二冊とも確かに交易事業の帳簿です。ざっと見ただけですが、一冊は、商人たちが提出した帳簿の数字を合算したものと同じようです。こちらはインスブルック家にあった帳簿の原本とみて間違いないかと。もう一冊の方もそれと似た数字が記載されているのですが……。明細の商品が異なるため、別件の取引としか思えません。これはいったいどういう……？」

部屋の中が騒然となった。

「なんと。ふむ。その二冊目の帳簿については、よくよく調査した方がよさそうだな。だが一冊目の方は、焼失したはずのインスブルック家の帳簿を、誰かが火をつける前に持ち出したようではないか」

「……は。ははは。おしまいだわ。もうおしまいよっ！」

ゾフィーが顔を歪《ゆが》めて笑い出した。

ヒューゴーが身分を忘れて、慌てて彼女に言い聞かせる。

「何も言うな。静かにするんだ」

「見つかったのよ。もうどうにもならないじゃない」

「その口を閉じろ！　何も言うんじゃない！」

ここにきてまだ言い逃れようとするヒューゴーに向かって、ユリウスが追い打ちをかけるように言った。

「見苦しいぞ。証人も証拠品も揃ったのだ。あとは判決を待つだけではないのか？」

ヒューゴーはなおも、「知らん！　し、知りません。私には何がなんだか。本当です」と、認めない。

ユリウスは、「はあ」と小さくため息をついてから言った。

「陛下。先ほどの二冊目の帳簿の件について、お耳に入れたい情報がございます。これまた別件でのお調べになる話ですが、このリンツ商会は、陛下の許しを得ずに独自に他国と交易を行い、私腹を肥やしていたようなのです」

「な、な、貴様、いったい何を――」

「別件ではありますが、交易事業に関わる件ですので。リストにある最後の証人を呼んでいただけないでしょうか」

ハイマンが視線で促すと、近衛兵が、「はっ」と返事をして広間を出て行く。

近衛兵が連れ戻ったのは、外国人風の装いをした浅黒い顔の男だった。

ユリウスが説明する。

「モンパッサン国の交易船の船長です。ちょうど我が領地の港におりましたので連れて参りました。六月は交易品を載せた商船がやって来る時期ですが、記録によれば、この者の船は四月にも入港しておりました。そこで確かに荷下ろしをしていたのですが、港から運び込まれた交易品について、リンツ商会から卸されているはずのアイズリー商事らの帳簿に記載がございません」

「何だと。では」

「はい。その船長を問いただしたところ、ヒューゴー自身と秘密裏に取引をしていたと認めました」

ハイマンが船長を見据えて尋ねた。

「その方。今の話、認めるか?」

「み、認めます。あいつに横流ししていたことを認めます。証言したので命だけは助けてください。本国に返してくれますよね?」

ユリウスが船長に向かって突き放すように、「約束はできぬと申したであろうが」と言ってから、ハイマンに向き直ると恭しく言った。

「全ては陛下のお心のままに」

「ふむ。モンパッサン国か。かの国はまだ、その方らの行為に気づいておらぬのであろうな。一介の商人が、許可なく他国と交易していたなど。モンパッサン国ではどのような罪になるのだろうか。まあよい。それはモンパッサン国で裁かれる話だ」

ヒューゴーは船長を見た時から、体の力が抜け、膝から崩れ落ちていた。

それでも床に手をついて体を支え、なおも必死に言い逃れようとする。

「わ、私は知りません。本当に知らなかったのです！　ゾフィー様です。全てはゾフィー様の指示によるものです」

ゾフィーは信じられないと目を見開いて、ヒューゴーの顔を見た。

「そもそも一商人の私に、そんな大それたことができるわけがありません。すべてはゾフィー様の言いつけ通りにしただけなのです」

ゾフィーは、「なんですってー！」と、ヒステリックに金切り声を上げた。

「交易事業はインスブルック公爵家の仕事でございます。わ、私は知りません。私は――」

「お黙りっ！　この恥知らずがっ！」

「静粛に！」

苛立つハイマンの代わりに侍従長が声を荒らげた。常にハイマンの側に大人《おとな》しく控えている姿しか知らないゾフィーは驚いて言葉を忘れた。

沈黙を破ったのはクラウディアだった。

「陛下。恐れながら申し上げたき儀がございます」

「ふむ。聞こう」

「ありがとうございます」

クラウディアは、ゾフィーを静かに見つめてから話し始めた。ギラギラと憎しみを浮かべるゾフィーの瞳を見ても、不思議と怖さを感じなかった。

「ヒューゴーさんの言う通り、インスブルック家は陛下より任された交易事業を家業としてまいりました。国内の商品の販路を他国にも拡大し、不足する物資を買い付けることで、国を富ませ陛下の治世に陰ながら貢献してきたと、今は亡き父共々自負しております」

「うむ。承知しておる。モーリッツは信頼のおける誠実な男であった。長年国に貢献してくれたこともわかっておる」

「陛下……なんと勿体《もったい》ないお言葉……父も喜んでいると思います。その交易事業ですが、父が亡くなるまでの間、お義母様は一切携わっておりませんでした。いくらリンツ商会の支援があったとしても、簿記もご存じないお義母様には帳簿付けはもちろんのこと、売買の差配などは無理だったと思います。密輸を行い、私腹を肥やしたのはヒューゴーさんで間違いないと存じます。ただ、それを許してしまったのは、リンツ商会に交易事業を丸投げしてしまったお義母様の罪です。インスブルックの名前がなければ到底できなかったはずですので、その罪は重いと存じます」

途中までは嘆願に聞こえたクラウディアの話だったが、最後の最後に断罪されたゾフィーは目を吊り上げて怒鳴り声を上げた。

「なあんですってぇ！　私に罪があるですって！」

「控えぬかっ」

近衛兵がゾフィーの前に立ちはだかった。

ハイマンの元には、本件の調査の一環で、モーリッツの死後、クラウディアがゾフィー母娘から虐待を受けていた報告が上がっていた。

「クラウディアは交易事業のことしか話しておらぬが、そなたはヒューゴーの不正に気がつきながらも目を瞑《つむ》り、不正に得た利益の一部で豪遊をしていたな。そなたら母娘が贅沢《ぜいたく》な暮らしを享受する一方で、クラウディアにどのような仕打ちをしていたか、全て調べはついておるのだぞ?」

ゾフィーは、「……は?」と素《す》っ頓狂《とんきょう》な声を出して、ハイマンの顔をポカンと見上げた。

「ふう。もう十分である。判決を申し渡す」

ハイマンの言葉で、広間がしんと静まり返った。

「判決を申し渡す。ゾフィー・インスブルック。貴族としての身分を剝奪し全財産没収の上、国外追放を命じる。そなたは――」

ハイマンの言葉を遮り、ゾフィーが、「なんですってー‼」と、再び金切り声を上げた。

国王に発言の許しを得ないどころか、その言葉を遮って勝手に話し始めるなど言語道断だ。

近衛兵がサッと駆け寄り、ゾフィーの両側からその腕を摑《つか》んでひざまずかせると、肩を強く押さえて頭を下げさせた。

だが興奮したゾフィーは激しく抵抗し、目を吊り上げて大声で叫ぶ。

「国外に追放ですって? 財産なしで? はあーっ⁉ それでどうやって生きていけばいいの! 身の回りの世話は誰がするのっ!」

ハイマンは、げんなりした顔でゾフィーを見た。

「命は助けたが、不敬罪で裁く余地も残っておるのだぞ」

おかしくなったように顔を動かし、あちこちに視線をさまよわせるゾフィーに、ハイマンの声は届かない。

「ドレスはどうやって新調するの？　洗濯は？　食事は？　どこで寝るの？　屋敷は？　馬車は？　ドレスは？　私の宝石類はどうするつもりなのよーっ！」

　ハイマンは冷たく言い放った。

「ではまず、食せる食材を探すところから始めるのだな。我が国には様々な者たちが、名産品や得意なものを、商品やサービスに変えて売りにやって来る。そなたも見つけるほかあるまいな。でなければ、『死』あるのみだ」

「……よくも。よくも私にそんな。私が何をしたっていうのよっ！　交易事業はヒューゴーに全部任せていたのよ。さっきクラウディアもそう言っていたでしょ！」

「信じられぬな。私の話を聞いていなかったのか？　ここに至ってまだ自分が犯した罪を理解しておらぬのか。そもそも、そなたに分別とほんの少しの情があったならば、このような裁判など行わずに済んだのだ。そなたにクラウディアを実の娘と同様に可愛《かわい》がる心さえあれば、誰も不幸にならなかった。そなたらも何不自由なく一生を過ごせたものを――。そもそもインスブルック公爵家の相続人はクラウディアただ一人なのだぞ？　その事実をそなたらは都合よく忘れていたみたいだが。そなたがインスブルック家の当主でいられたのは――そもそも臨時の当主だが、クラウディアが成人するまでの間だったはずだ。王宮の担当官の話を真面目に聞いていなかったようだな。はぁ……。交易事業の重要性も理解せず、甘い言葉をささやくリンツ商会に丸投げした罪。二重帳簿の存在を知りながら秘匿し利益を着服した罪。クラウディアが無実だと知っていながら告発した罪。リンツ商会が証拠隠滅を行うと知りながら黙っていた罪。他にも余罪があるかもしれんが、今判明しているものだけでも国外追放というのは寛大な処分だと思うがな」

「はあ。はあ」と肩で息をしながら、ゾフィーはハイマンを睨みつけると、一際大きな声を張り上げた。

「……許さない。覚えておきなさいっ!! 絶対に許さないからっ!!」

ゾフィーはとうとう近衛兵に口を押さえられ、広間の外へと引きずられていった。足をばたつかせて抵抗する姿は、とても貴族女性とは思えない醜さだった。

ゾフィーの姿が見えなくなると、大広間のあちこちから安堵のため息が漏れた。

「さて。次はメラニー・インスブルック」

まさか自分の名前が呼ばれるなど予想だにしていなかったメラニーは、心底驚いて咄嗟《とっさ》に言い返した。

「わ、私は何もしておりません。仕事などしておりませんから。元々、交易事業にも関わっておりません。罪などあろうはずがございません」

ハイマンは静かにメラニーを見た。

「ではなぜ、このように再審を行っているのだ。前回の裁判で、そなたが偽証をしたために誤った判決が下されたからであろう。偽証だけでなく、フランツに偽の情報を与えて意のままに操ろうとした罪。それらの罪を犯した自覚すらないとは」

ポカンとしているメラニーに、ハイマンが判決を言い渡した。

「貴族としての身分を剝奪の上、王都から追放する。今後一切、王族並びに貴族への接触を禁止する。どこへなりとも好きなところへ行くがよい」

「……は？　この私が平民？　……は。ははは。あり得ないわ。何よそれ」

「今後は、これまでそなたが扱ったように、そなた自身が扱われるのだ。身をもって知るがよい」

「どこへ行けっていうの？　王都から出てどこへ行けばいいのよっ！」

「嫌なら、母親と共に国を出て行ってもよいのだ。好きにせよ」

それを聞いてメラニーは憤慨した。

「嫌よ！　そんなの嫌よ！　どうしてお母様と同じ酷《ひど》い目に？　それじゃあ生きていけないわ」

「母親はどうなってもよいのか？　心配ではないのか？」

「お母様は自業自得よ。私は違うわ。私はお母様に言われた通りにしただけ。私に罪があるって言うなら、それはお母様の罪よ！」

「誰に向かって言っておる。先ほどからの物言いは何だ」

メラニーはハッと気がついて、途端にすがるように言った。

「も、申し訳ございません」

メラニーは、生まれて初めて、「申し訳ございません」と言った。

すぐ近くにいるクラウディアは、真っ直ぐハイマンの方を見ている。かつて、同じ言葉を言っては頭を下げていた義姉はもういない。

「どうして。これじゃあ立場が逆じゃないの。どうして？　なぜこんなことに？」

メラニーは、心の声が口を突いて出ていることに気がついていなかった。

「裕福な公爵家の娘として何不自由ない生活を送っていたのに。どうしてこんなことに？　どこで間違えたの？　……お母様のせいだわ。クラウディアが持っている物まで全部欲しがったから。私は好きに買い物できればよかったのに」

ぶつぶつと、小さくつぶやいているメラニーに目を向ける者はいなかった。

「最後に。リンツ商会代表のヒューゴー。インスブルック家に接近し、当主が交易事業に不案内なのをいいことに、事業を私物化し暴利をむさぼった。それどころか禁を犯し、他国と秘密裏に取引を行った。一方だけでも許し難い大罪だ。他にも証拠隠滅の疑いなど余罪がありそうだが、一度極刑に処してしまうと、それ以上の罰を与えることができぬのが返す返すも残念だ。その方は命が一つしかないゆえ、すべての罪を償わせることができぬのが悔しい」

「……ひ。きょ、極刑!?」

「そうだ。その方を極刑に処す」

打ちひしがれたように見えたヒューゴーだったが、命がないと悟ると一か八かの賭けに出た。

脱兎《だっと》の如く大広間のドアめがけて走りだしたのだ。

ドアの前に立ち塞《ふさ》がったのはアントンだった。

近衛兵と違い、武器を携帯していない。

ヒューゴーはアントンに体当たりをしようとしたが、気がつけば宙を仰ぎ、背中に激しい痛みを感じていた。

アントンに投げ飛ばされたのだ。

しぶといヒューゴーはよろよろと立ち上がると、まだ諦めずにドアの方へ手を伸ばした。

「そこまでだ」

ヒューゴーの喉元にユリウスが剣を突きつけた。その切っ先がキラリと光るのを見て、ヒューゴーはようやく観念した。

ユリウスに腰元の剣を奪われた近衛兵があたふたしながらも、ガクッと膝から崩れ落ちたヒューゴーを素早く後ろ手に縛る。

ヒューゴーは魂が抜けたように呆《ほう》けた顔で、廃人のように目がうつろになっていた。

第八章　クラウディアの帰る場所

ハイマンが下した判決は、即時、実行された。

ゾフィーは着の身着のまま国境まで連れて行かれると、そこから放り出された。

情状酌量の余地はなかった。

メラニーに関しては、まだ若く更生する余地もあるだろうというハイマンの温情から、働き先が決まるまで、ひとまずインスブルック家の別館の使用人部屋に住むことを許された。

リンツ商会は取り潰《つぶ》され、事後処理はアイズリー商事に一任された。

交易事業に関する権利の一切は、グラーツ家に引き継がれることになった。


裁判が終わり罪人たちが連行されると、ハイマンはクラウディアを近くに呼び寄せた。

「クラウディア。そなたとこうして顔を合わせるのは久しぶりだな。すまぬことをした」

「そのようなお言葉、勿体《もったい》のうございます」

「いや、言わせてくれ。そなたの身に起こったことを思えば当然だ。フランツにも罪を償わせねばな。それにしてもヒューゴーめ。まさか屋敷に火をつけるとは。性急に事を進めた私にも責任がある。そなたにとっては思い出が詰まった屋敷が――帰るところがなくなってしまったな」

「それでも汚名はそそげました。私は満足です。父も『よくやった』と言ってくれるはずです」

「モーリッツの死後、本来ならば爵位の継承が滞りなく行われるよう王宮から担当官を遣わすのだが、私がそれを止めたのだ。そなたが成人するまで猶予を与えると言ってな。良かれと思った判断が仇《あだ》となってしまった。返す返すも悔やまれる……。女性が爵位を継承するには特筆すべき功績が必要だ。モーリッツが幼いそなたに交易事業を手伝わせたのは、経験と実績を積ませるためだったのだろう。此度《こたび》の裁判でそなたの能力は証明された。改めて遣いをやるが、そなたが次のインスブルック公爵だ」

「陛下――ありがとうございます」

「リンツ商会が横領した金は国庫へ納められることになるが、それでも残りのインスブルック家の財産はそなたのものだ。どのように領地を再建するかはそなたにかかっている。――といっても、グラーツ公爵やシュテファン公爵をはじめ、援助を申し出る者は少なくなさそうだがな。私にできる事であれば助力は惜しまぬ。遠慮せず何なりと申せ」

「それではお願いがございます。大規模な建築には陛下の許可が必要だと聞いたことがあります」

「いかにも」

「数十人を収容できる規模の建物を建てたいのですが。お許しいただけますでしょうか」

「もちろん許可する。そうか。屋敷を再建して王都で暮らすのだな」

「あ、あの。それは――」

ユリウスは少し離れたところで、二人の会話を聞いていた。

(……そうか。クラウディアは、自分の帰る場所を自らの手で作るのだな)

ユリウスは、クラウディアも一緒にグラーツ領へ戻るものだと、なぜだかそれが当たり前だと考えていた。

(馬鹿《ばか》だな私は。もう少しでクラウディアに言うところだった)

――屋敷はなくなってしまったが、そなたが帰るところは私のところではダメか？　一緒にグラーツ領へ帰ろう。


何を思い上がっていたのだ。

ただ、クラウディアが頼れるような、甘えられるような拠《よ》り所になりたかった。

二人で幸せな思い出をたくさん作っていきたかった。

「ふっ」


クラウディアたちは、ひとまずシュテファン邸に戻り、祝宴を開くことになった。

マリントが抜かりなく手配をしていたため、屋敷に戻ると既に宴の準備は整っていた。

綺麗《きれい》に着飾ったクラウディアが、はち切れんばかりの笑顔で浮かれている。喜びの絶頂にいる彼女は美しかった。

そんな彼女を見て、ユリウスも喜びを感じてはいたが、どうしても表情が曇ってしまう。

暗い表情のユリウスに、クラウディアが眩《まぶ》しいくらいの笑顔で話しかけた。

「ユリウス様。先ほど陛下に許可をいただきました件で、ユリウス様にもご協力をお願いしたいのですが」

「あ。ああ。いいとも」

「建物を建設したいのですが、まずは設計図を書く必要があると思うのです。どなたかご紹介いただけますか」

「設計図か。そなたの頭にあるものを図面に起こす役目だな」

「はい！」

（生まれ育った屋敷の図面か……）

「それから。あ、こちらが先でした。場所なのですが。土地をお借りしたいのです。そして場所も、できればユリウス様にお決めいただきたいのです」

「何を言っている？　今や、そなたがインスブルック家の当主なのだぞ。好きにすればよいではないか」

「え？　えーと。でも、建てるのはグラーツ領ですから。ユリウス様の許可をいただかなければ」

「待て待て。なぜグラーツ領に建てるのだ？」

（クラウディアは何を言っているのだ……？）

「え？　グラーツ領でなければ意味がありません。温かい気候と新鮮な魚。それが療養にいいと思って建てるのですから」

「……！　そ、そなた――」

「私はグラーツ領に療養施設を建てたいのです。そして、オオカミじい様を最初のお客様に迎えたいのです。許可していただけますか？」

「それが――それが、そなたがこれからやることか？　屋敷はどうするのだ。インスブルック家の屋敷の再建はよいのか？」

「領地経営については、ゆっくり考えていこうと思います。あ、それも、できればユリウス様やアントン様にご協力いただけると嬉《うれ》しいのですが。でもしばらくは、じい様に甘えようかなって」

マリントは離れたところでニコニコと笑っている。二人が何を話しているのか察しがついている顔だ。

「もう今となっては……」

クラウディアが、ユリウスを真っ直《ます》ぐ見つめて言った。

「私の帰る場所はグラーツ領しかありません。ネリーさんにスザンナさん。ニクラスさんにみんな……。私を待っていてくれる人は、みんなグラーツ領にいますから」

「名前が足りない」

「え？」

「私の名前がなかった」

「あ」

「あー。すみません。私の名前もなかった気がするのですけど」

茶化《ちゃか》すアントンをぐいっと押しやって、ユリウスがクラウディアに迫った。

「では、今後も私の側《そば》にいてくれるのだな。いや、私の側にいてほしいのだ」

「私の方こそ。ユリウス様に、私の側にいてほしいです。私の帰る場所はユリウス様の――」

クラウディアは最後まで言わせてもらえなかった。

ユリウスが唇で彼女の唇を塞《ふさ》いでしまったから。

「……う、うん」

柔らかい唇が離れたかと思うと、ユリウスにぎゅうっと抱きしめられた。

(……ああ。この温《ぬく》もりに包まれると安心するわ)

クラウディアは、初めて自分の腕をユリウスの背中に回し、彼の体を抱きしめたのだった。

＊＊＊

シュテファン邸で祝杯をあげた翌日、ユリウスは王宮に呼ばれていた。

国王の執務室には、ハイマンとフランツ、そしてユリウスの三人しかいない。

完全に人払いをした上での会談だ。

「フランツよ。そなたは厳しい判決を躊躇《ちゅうちょ》なく下せることが国王の資質だと思っているようだが、考え違いも甚だしい。判決に間違いがあってはならぬのだ。そのために、証拠をよくよく吟味しなければならない。証拠をな」

フランツは憮然《ぶぜん》とした表情で聞いている。

「国王の下す判決は大きな影響を及ぼすのだ。人ひとりの人生を左右する。情状酌量の余地を考えることはあっても、感情に任せての厳罰化など、あってはならない」

ハイマンに静かに諭されて、フランツはようやく自分の非を認めた。

「今回の件につきましては、確かに証拠を出すまでもないと決めつけてしまいました。反省しています」

「もっと早くわかっていればな。だが遅すぎる。まだまだそなたは法の精神をわかっておらぬ。此度は無実の者を罰し、不正を行っている輩《やから》をみすみす逃したばかりか増長させてしまった。この罪は重い。そなたもまた罪を償うのだ」

そう言うと、ハイマンはゆっくりとユリウスに視線を移した。

「このユリウスを、王位継承権の一位に据えようと思う。そもそもユリウスの父、カイザー国王の王位継承者だったのだからな。第一王子だったユリウスが王位を継承することは当然だ。私は、病弱なカイザー兄上から玉座を一時的に預かっていただけのこと」

ハイマンの決意を聞いたフランツは、ガタッと膝から崩れた。涙ながらに震える声でハイマンに訴える。

「……そんな。それでは私はどうなるのです？　ずっと父上の後を継ぐものだとばかり思っていました。私は確かに間違いを犯しましたが、これまでの努力はどうなるのです？」

――これまでの努力はどうなるのです？

フランツの言葉は、かつてユリウスが父親に放った言葉だった。

健康上の理由で弟のハイマンに譲位すると聞かされた日。父親にくってかかったユリウスも、同じ言葉で父親を傷つけた。

目の前のフランツが、幼き日の自分と重なって見える。

ユリウスは今でこそ、少しはマシな人間に成長したと自負しているが、あのまま拗《す》ねて王宮にいたらどうなっていたことか。

フランツも、経験が彼を変える可能性がある。

「陛下。恐れながら申し上げます。私は、これから交易事業をクラウディアと二人で立て直さねばなりません。それがこの国のためになることだと思っております。王位継承権は放棄させてください」

「なんだと？」

「え？」

ハイマンとフランツが、同時に驚いた表情でユリウスを見た。

「陛下。父上と同じわがままをお許しください。どうか、グラーツ領から陛下をお支えするお許しを……」

ハイマンが逡巡《しゅんじゅん》したのは、ほんの一瞬だけだった。

「……ふ。そうか。わかった。好きにせよ。この話はしばらく保留とする。このフランツが一人前になるまでな」

「殿下もこれからたくさんの経験を積まれれば、陛下の望まれる王太子へと成長されることでしょう」

「そうあってもらわねば困る。……ふむ。それでは、しばらく預かってはくれぬか？　そなたの下で――」

「謹んでお断りいたします。王都にも適任者がいるはずです。どうか交易事業に専念させていただきたく」

ハイマンは、「はあ」と、これみよがしにため息をついてみせた。

「よく似ておるな。私に有無を言わせぬところが兄上にそっくりだ。わかった。まあグラーツ領にやったくらいでは罪を償うことにはならぬしな。フランツは、北方の領地にやることにしよう。もちろん馴染《なじ》みの従者はつけぬ。一人きりで行かせる」

「……ち、父上。北方というと、あのハルシュタット領ですか？　あんな――。あんな野蛮な者どもと一緒に暮らせとおっしゃるのですか？」

「言葉に気をつけることだ。味方のいないところで自分の居場所を見つけねばならぬのだぞ。己の言葉も、その態度も、全てそっくりそのまま自分に跳ね返ってくるのだ。よく考えて行動することだ。早く学べばそれだけ早く戻れるというもの。励むことだ」

ただ嘆き悲しむだけのフランツは、ハイマンとユリウスが温かい眼差《まなざ》しで、彼の成長を願っていることに気づくことができなかった。


クラウディアたち一行がグラーツ領に戻ると、領内は祭りのような騒ぎになっていた。

早馬の知らせを聞いた領民たちが、思い思いに祝っていたのだ。

花で飾られた通りでは、ワインやつまみの料理が売られ、大勢の人が買い求めている。

そんな中を馬車が通ると、皆が手を振って歓声を上げた。

「あ、あの。ユリウス様。これはいったい――」

「アントン」

ユリウスが、「犯人はお前だな」と、ひと睨《にら》みした。

「いやあ。ここまで盛り上がっているとは予想外でした。いい知らせは、いち早く届けたいじゃないですか」

「あははは」と笑うアントンに、ユリウスは意外にも、「それもそうだな」と同意した。

そうして初夏を迎えるグラーツ領に、クラウディアは正式な客人として迎えられたのだった。


クラウディアたちが戻ってから三日ほど経《た》った昼過ぎのこと。

厨房《ちゅうぼう》では、採れたてのチェリーをつまみながら、アントンがネリーと雑談に興じていた。

「……あの二人。なんとかならないものかなー。見ていて歯痒《はがゆ》くて仕方がないんだけど」

クラウディアの部屋は、ユリウスの部屋の隣に用意された。

二人はしょっちゅう顔を合わせるのだが、互いに見つめ合ってはプイッと顔を背けるのだ。

ユリウスは、クラウディアと目が合うと決まって、「コホン」と咳払《せきばら》いをしては話題を変えてばかりいる。

ネリーがため息をつきながらこぼした。

「クラウディア様は、圧倒的にその手の経験が不足していますからね。その辺の十五歳の令嬢とは比べ物にならないくらいに」

「ユリウス様の方も、その辺の十八歳の領主と違って、経験がまるでないからなー」

「はあ」

「はあ……道は長そうだなー」

「焦《あせ》らず時間をかけるしかありませんよ」

「果たして私たちの手に負えるかどうか……」


アントンとネリーがそんな話をしている頃、クラウディアとユリウスは、港の近くの療養所の建設予定地に立っていた。

不意に目が合うと慌てて逸《そ》らしたり、話が弾《はず》んだかと思えば急に無言になったり。二人は、そんな風に少し距離をとりながら、ここまで歩いてきた。

だが立ち止まって話をする時は、いつもピタリと体を密着させるのだった。

「ここに療養所ができる頃には、牡蠣《かき》という珍しい食材が出回る。きっとそなたも気に入ると思う」

「まだ私の知らない食べ物が、ここにはたくさんあるんですね」

「ああ。まだまだたくさんあるぞ。脂がのった魚も美味《うま》いのだ」

クラウディアの右腕からは、ユリウスの体温が伝わってくる。

ユリウスと一緒の時は、いつもこの温もりに包まれているように感じる。

不意に、ユリウスが真面目な口調で言った。

「そなた――」

「はい」

「そなたの帰る場所はグラーツ領だと言ったな」

「はい」

「それはつまり――。つまり、ここが帰る場所ということは、ここにずっといると思っていいんだな？」

「はい」

「ずっとと言うのは、本当にずっとだぞ」

「はい！」

クラウディアは、精一杯の気持ちを込めて返事をした。

ユリウスが頬を赤く染めてクラウディアを見つめている。

（はい。いつまでも。いつまでもあなたの側にいます。ここが私の帰る場所だから）

ユリウスがクラウディアを優しく抱きしめた。

ユリウスの胸からも腕からも、その想いが熱をまとって雄弁にクラウディアに語りかけてくる。

この温もりがあるところが、彼女の帰る場所なのだと。

エピローグ

クラウディアは岸壁に立ち、どこまでも続く海と空を眺めていた。

目の前に広がる海は、もうすぐやって来る夏に胸を躍らせている。

波は爽やかな風を追いかけるように、我も我もと岸へ打ち寄せている。

太陽は海面をキラキラと輝かせながら、その日差しを満遍なく陸地にも注いでいる。

雲一つない青い空。飛び交う海鳥の鳴き声。岸にぶつかる波音。

クラウディアは、頬をかすめる風を心地よく感じながら穏やかな日差しに身を委ねていた。

グラーツ領へ来た当初はむせ返りそうになっていた潮の香りにも、今ではもうすっかり慣れた。

港で働く人々の大きな声でのやり取りにも。


「こぉらぁっ！　何やってんだ！　さっさと運びな！」

「はぁいっ！」

「ほらほら！　待たせんな！」

「それはこっちだ！　こっちによこしな！」

ニクラスやスザンナがテキパキと指示をしている様子は、いつもの平和な日常そのものだ。よく知らない人が見たならば、彼らは怒っているように見えるかもしれないが、実に微笑《ほほえ》ましい光景だ。

活気に溢《あふ》れた喧騒《けんそう》の中、クラウディアの耳はすぐにその人の声を拾った。遠くからでもよく通る少し低い声。彼女に話しかける時には少しだけ甘くなる声。

その人は、すれ違う人みんなに声を掛けられている。時折立ち止まっては話し込んでいるようだ。

その人の声が明瞭になり、どんどん近づいてくるのがわかる。

「クラウディア。ここにいたのか」

名前を呼ばれて振り返れば、そこにはユリウスの姿があった。

「よいのか？　今日はこの後、療養所の建設予定地に設計士が来るのであろう？」

「少しだけ――少しだけ海を見ておきたかったのです」

そう。なんだか無性にここに来たくなったのだ。

悶々《もんもん》と眠れぬ夜を過ごしていたクラウディアを、黙って慰めてくれた海。夜更けにユリウスと一緒に波音を聞いたこともあった。そういえば、ユリウスとちゃんと言葉を交わせたのも波を見ていた時だった。

帰る場所を見つけた喜びを――ここに帰ることのできる喜びを、ユリウスにどう伝えればよいのだろう。

クラウディアはほんの一瞬昔を懐《なつ》かしんだだけなのに、彼女の意識から遠ざけられたことを敏感に察知したユリウスの瞳が曇った。

「何を考えているのだ」

拗《す》ねたように問いかけるユリウスに驚いて、クラウディアは思わず彼の瞳を凝視した。

互いに見つめ合ったままどちらも口を開かずにいると、「やあやあ。これはこれは――」と、アントンがユリウスの背後からニヤけた顔で声をかけてきた。

「いやあ、『目は口ほどにものを言う』んでしたっけ？　でも今のお二人の場合は、言いたい事は全部、それはもう一言一句しっかりと顔に書いてありますね！」

冷やかされたクラウディアは、自分の頬が紅潮するのを感じて慌てて両手で顔を覆ったが、一陣の風が彼女の髪をかきあげ、赤く染まった耳を顕《あら》わにした。

「ちょっと来い！」

ユリウスはそう言って、アントンを引きずるようにクラウディアから遠ざけたが、そんな彼の顔もまた、真っ赤になっていたことを彼女は知らなかった。

DRE NOVELS

私が帰りたい場所は

～居場所をなくした令嬢が『溶けない氷像』と
噂される領主様のもとで幸せになるまで～

2024年11月10日　初版第一刷発行

著者　もーりんもも
発行者　宮崎誠司
発行所　株式会社ドリコム
〒141-6019　東京都品川区大崎2-1-1
TEL　050-3101-9968
発売元　株式会社星雲社（共同出版社・流通責任出版社）
〒112-0005　東京都文京区水道1-3-30
TEL　03-3868-3275
担当編集　阿部桜子
装丁　モンマ蚕＋タドコロユイ(ムシカゴグラフィクス)
印刷所　TOPPANクロレ株式会社

Illustration by whimhalooo
Printed in Japan
ISBN978-4-434-34611-8